CONVERSA DE JARDIM

© Moinhos, 2018.
© Maria Valéria Rezende, 2018.
© Roberto Menezes, 2018.

Edição:
Camila Araujo & Nathan Matos

Assistente Editorial:
Sérgio Ricardo

Revisão:
Eduardo Sabino

Diagramação e Projeto Gráfico:
LiteraturaBr Editorial

Capa:
Igor Tadeu

1ª edição, Belo Horizonte, 2018.

Nesta edição, não respeitou-se, tanto, o
Novo Acordo Ortográfico da Língua Portuguesa,
mas, sim, a vontade da autora e do autor.

R467c
Rezende, Maria Valéria; Menezes, Roberto | Conversa de Jardim

ISBN 978-85-92579-76-0
CDD 869.3
Índices para catálogo sistemático
1. Ficção 2. Conversa de Jarim I. Título

Belo Horizonte:
Editora Moinhos
2017 | 108 p.

Todos os direitos desta edição reservados à
Editora Moinhos — Belo Horizonte — MG
editoramoinhos.com.br
contato@editoramoinhos.com.br

Conversa de Jardim

Maria Valéria Rezende
&
Roberto Menezes

para Alfredo Monte

I – ISTO NÃO É UMA BIOGRAFIA

Enfim, um começo.

Valéria, nem lembro quantas vezes a gente já sentou pra ter essa conversa, e quem diria que só agora que veio a ideia de pôr a essência dela no papel, "Nem me fale, já perdi a conta, nem sei direito mais o que disse", Tantas vezes já, pior, bateu um estranhamento quando comecei a transcrever, é porque não sei exatamente te dizer em qual dessas conversas a gente tá agora, "E precisa saber?", Precisar não precisa, mas a gente sempre quer ter o domínio de tudo, "Relaxe, deixe ver onde vai dar. Só me situe, quando você começou a gravar essas conversas?", Dois mil e catorze, agosto, foi a primeira vez, e a última, junho de dois mil e dezessete, "Então, pelo menos dentro desse intervalo, a gente tem certeza que está", Pensando bem, a gente provavelmente nunca vai estar vivenciando um só momento dessa timeline, "É claro que não, o que vai sair aqui vai ser o apanhado de todas as nossas conversas, cada uma contribuiu pra que", Isso, uma nuvem de começos e começos, repetições, o caldo da cana que passou várias vezes pela máquina, se é de tarde ou se é de manhã, não faz diferença, "Viajantes no tempo. Ah, e vou poder me guiar pela minha catarata pra saber em que parte desses três anos eu vou estar. De lá pra cá, ela avançou muito sobre o meu olho que ainda enxerga", Doidice isso, "Você é doidinho mesmo. Vou confiar em você como piloto dessas viagens", Não sei se vai dar certo, mas assim com certeza é melhor do que a opção óbvia de querer transcrever as conversas por data, "Não daria certo", Não mesmo, "É mais legal que seja assim, como a minha vida, cheia de curva, vai pra frente, volta pra trás, não é uma vida planejada, uma carreira arrumadinha. Nada disso".

Três anos de conversa, muita coisa mudou ou vai mudar e eu, "Não faz diferença, menino, três anos. Pra mim não muda a correria, os problemas não erraram o endereço daqui de casa nesse tempo. Problemas novos não param de aparecer. Os velhos sempre voltam sem avisar", Problema, parente, multa de trânsito, não teve uma vez que um desses ligou antes pra saber se eu tava em casa, "Se quiser, leve uns dos meus problemas pra você", Dependendo a gente faz escambo, eita, já pensou se existisse uma feira de troca de velhos problemas?, "Não, não quero problemas dos outros. Melhor eu com os meus, que já conheço bem".

Mas então, quatro da tarde, dez da manhã, sei lá de hora, bora nessa, cortar esse pedaço da linha do tempo, entre dois mil e catorze e dois mil e dezessete, emaranhar, fazer um novelo, aí é só a gente se embrenhar dentro dessa sobreposição de épocas, vai ser fácil se acostumar, "Vai ser sopa. Sou escritora. Só o que faço é viajar no tempo. E vamos mais além, aumentar a confusão. Vamos confundir não só o tempo, vez ou outra, vamos confundir nossas falas também", Como assim?, "Sem complicação, veja só, vi que você seguiu um esquema na construção do diálogo. Me diz se entendi: tudo o que é fala minha fica entre aspas. Acertei?", Correto, e eu fico fora delas, "Só não captei a razão de você só pontuar com vírgula. Não precisava. Já está subentendido que tudo o que está fora das aspas é você falando", Pois, é frescura sem motivo, talvez mais pra frente eu invente um, "E então, essa conversa não é pra ser um duelo ou um debate. Vamos fazer assim. Tenha a liberdade de bulir no que falei, sem ressalva. Eu, quando arrumar um tempo nessa agitação da minha vida, vou me divertir fazendo o mesmo. Sem essa de Beto aqui e Valéria ali. Duas vozes, sim. Mas é natural e é até bom que essas duas vozes, aqui ou ali, se confundam. Uma conversa a quatros mãos embaralhadas", Duas bocas tagarelas e hiperativas, quem tá lendo isso deve tá achando é engraçado, pensando onde a gente vai parar, Valéria, já te falaram que você é uma excelente inventadeira de moda?

"Café ou chá?", Precisava nem perguntar.

"Aqui fora é bem agradável. Ia perguntar por onde começar, mas a conversa já decolou faz tempo", Conversa fiada, "Que continue assim, dois amigos batendo papo, você foi gravando gravando gravando. Conversa solta", Quando eu era pirralho, ficava imaginando o que dois escritores conversavam quando se encontravam, eu imaginava seres tão, tão, falando nisso, quando leio essas cartas trocadas por escritores meio que me soam artificiais, sabe?, como se eles escrevessem sabendo que aquilo viria a ser publicado e lido no futuro, bora tentar fugir desse clima cerimonioso, "Se for pra ter cerimônia, melhor nem ter conversa", Se meia dúzia ler essa conversa fiada já tá bom.

"Ah, Betinho, antes que eu me esqueça", Até já sei o que é, e acredite, em todos os nossos encontros, você não vai esquecer de me lembrar disso, "Mas faço questão de falar", Fale, "Coloque aí, por favor, essa invencionice que a gente nem sabe direito o que é, escreva aí: tudo isso é só uma conversa entre dois amigos, dois escritores, uma véia e um novinho. Escreva pra que fique claro: em hipótese alguma, isso é uma biografia. Isso não é uma biografia", Que treta é essa com biografias?, "Não acredito em biografia. Nem em autobiografia. Escreva aí", Não precisa, você mesma escreveu e foi bem enfática, "Perfeito. Isso vai servir a quem interessa", Daqui a dez anos a gente conversa de novo, você repensa, e se mudar de ideia, pode me chamar que faço tua biografia por encomenda, com todo prazer, "Pode parar. Não quero. Daqui a dez anos, vou estar é morta".

Uma última coisa, Valéria, antes da gente arrancar de vez, deixa eu só situar quem está lendo essa conversa de jardim, "Olha aí um título excelente, *Conversa de Jardim*. Nada formal. Estou fugindo de formalidades", *Conversa de Jardim*, quem tiver lendo, preste bem atenção, não tente imaginar um jardim normal, imagine assim, eu e Valéria, sentados em cadeiras brancas de metal, uma mesa também de ferro entre a gente, distância pequena, nem um metro entre eu e Valéria, imagine que a gente tá bem no meio desse jardim incomum, não incomum como esses jardins estilizados, idealizados do zero, encomendados a algum arquiteto, "E encomendam jardim?", Se não, encomendam até biografias, imagina jardins, "O meu jardim, cada plantinha foi se chegando e encontrando, do jeito dela, o seu lugar. Fala do mandacaru", Claro, mandacarus quase florescidos, três ou quatro pés de jasmim, coqueiro, palmeira, pitangueira, "Muito capim crescido", E olha que legal, pés de rosa e pés de macaxeira se permitem compartilhar pequenos metros quadrados de maneira harmoniosa, "Nem sempre", Esse jardim reflete bem a tua personalidade, Valéria, "Não faço muita coisa, só deixo ele ser como é, mas têm as amigas daqui que cuidam", Pois, por isso minha comparação, né?, e então, posso fechar o capítulo?, "Não me azucrine com essas besteiras, o piloto dessa conversa é você. Manda ver nessa nave".

II – DESPASSARAR

Valéria, vou me guiar meio que o tempo todo tendo você como foco, porque é um jeito de, "Não existe foco em conversa".

Então, e o romance, aquele novo que você falou pra mim que tinha começado a escrever, em que pé tá?, "Estou imersa nele. Tenho prazo até outubro. Acho quase impossível entregar nessa data", E título, já tem título?, "Provisório, quase definitivo. *Outros Cantos*", Excelente, tem tudo a ver com a história da personagem, na outra vez você falou que tava emperrada, "Olha, está saindo. O fato de eu ter visto muito dos contextos em que ela viveu e dos itinerários que lhe emprestei me ajuda bastante. Estou gostando cada vez mais dele. Às vezes dou pra uma pessoa ou outra ler. Não dou pra muita gente, não, porque acabo me atrapalhando".

Sim, finalmente li *Outros Cantos*, terminei domingo, já era tempo, faz mais de seis meses que esse livro foi lançado, deve tá vendendo como água, "Estão gostando, parece. Depois do Jabuti, já viu, né? É aquele alarde. A Alfaguara teve que reimprimir *Quarenta Dias* e terminou sendo bom porque apressou o lançamento de *Outros Cantos*. É aquela história: todo mundo agora quer saber quem é essa freira, o que essa freira tem a dizer", A freira que fuma, "Nem me fale. Espera, ainda não assimilei esse negócio de ir e vir nos anos, menino. Agorinha eu falava pra você que ainda estava arrancando na escrita de *Outros Cantos* e agora já faz seis meses que lancei. Que confusão, Betinho", Agorinha é diferente de agora, agorinha a gente tava em dois mil e catorze, agora a gente tá em dois mil e dezesseis, "Ah", Logo você se acostuma com esses saltos temporais, e pra facilitar, vê só, só vou pular no tempo quando mudar de parágrafo, beleza?, "Que complicação, menino", Vá por mim, tem errada não, quando eu apertar enter, pode ser que no parágrafo novo a gente já teja noutro momento, pra frente ou pra trás, "Era pra ter dito isso antes", Você já foi dizendo que ia ser sopa, aí eu, "E vai ser. Ah, outra coisa, meu filho, para com essas metalinguagens. No começo soa até engraçadinho, mas depois... Não tenho paciência pra ler um livro todo com esse tipo de brincadeira", Deixe comigo.

Por falar em livro, tou com o *Quarenta Dias* aqui, comprei mês passado no teu lançamento, tenho paciência de enfrentar fila não, e você demora demais falando com cada um, eu sei que é bom dar atenção, né, mas, "Sempre fui assim, posso demorar a atender, mas se ficar na fila, com certeza vai poder falar comigo. Não gosto de deixar quem me procura sem retorno. Se alguém vai num lançamento de um livro meu, compra o livro e fica numa fila, no mínimo tenho que prosear um bocadinho. É indelicado assinar e pedir licença pra fila correr. Mas então, cadê o livro?", Toma, faz uma dedicatória bonitinha aí pra mim, "É bonzinho esse livro, gosto dele. Preciso reler", Vi que tão falando dele, um monte de resenha, só elogio, esse livro tem tudo pra levar os prêmios no fim do ano, "Esse ano não, só concorre ano que vem", Então, dois mil e quinze vai ser o teu ano, "a freira que desbancou Chico Buarque", que tal a manchete?, "Tá brincando!", Pera, vou aproveitar pra tirar umas fotos, finge que tá assinando, "Está fotografando o lençol no varal? Não vá me fazer passar vergonha", Não, tou te pegando de close, olha, ficou massa essa, "Gostei. Olha só minhas rugas. Fiquei com cara de despassarada", Despassarada, nunca ouvi essa palavra, "Conheci essa porque há muito tempo convivo com portugueses. E achava linda essa palavra. Aí o meu editor duvidava da validade da palavra que não achava em nenhum dicionário. Mas, por sorte, encontrei um relato de Lygia Fagundes Telles sobre uma viagem na qual ela passou em Portugal e escrevia "despassarada".

III – ESCREVER ANTES DE DORMIR E DEPOIS DE ACORDAR

Quando não tenho nada pra fazer, é normal eu esticar o sono até dez, onze, o limite é meio-dia, maioria das vezes é por pura preguiça, "E tuas aulas?", Peço nas coordenações pra botar tudo pra depois do almoço, "Coisa boa é ser professor universitário", Tinha que ter algo de bom, né?, porque professor sofre, "Não diga nem por brincadeira, menino. O que tem de gente que sofre pra receber um salário que nem é mínimo. Se você for aí nos interiores, vai ver a realidade", Sei disso, Valéria, até entrar na universidade você sabe que eu fazia parte dessa realidade, "Mesmo assim não fique falando isso por aí. As pessoas não conhecem a tua história e podem ter uma má primeira impressão tua", Mas sobre isso não tem pra onde correr, sempre vão criar um personagem que não sou eu, e só me interessa saber o que as pessoas que me interessam acham de mim, o resto, podem achar o que quiser, "Se eu não te conhecesse", Mas conhece.

Mas voltando, tenho o maior pavor em acordar cedo, e você, Valéria?, uma, duas da manhã, todo dia é desse jeito, as bolinhas verdes do online do Facebook vão se apagando, tudo offline, aí, no meio dos gatos pingados, a tua bolinha verde fica lá, firme e forte acesa, dormir tarde, eu sei que que você dorme, mas acordar, você acorda de que horas?, "Cedo. Mas também, acontece que esqueço o computador ligado e fica tudo verde pros outros... e eu dormindo! Nem que eu quisesse eu poderia dormir até tarde. Você tem essa regalia. Homem fica dormindo e deixa tudo nas costas das mulheres", Interessante, li um texto que dizia que as pessoas tratam diferente homens e mulheres que gostam de dormir muito,

"A mulher que dormir mais um pouquinho é taxada de preguiçosa, né? Até tem dia que eu poderia dormir mais, mas muita gente precisa dessa velhinha. Hoje, por exemplo, acordei de sete horas. Nunca passo disso", Dizem que o bom de ser velho é que se dorme pouco, "Tinha que ter algo de bom pra nós velhinhos, né?".

Você tem hora pra escrever?, "Tento manter alguma rotina, mas muda muito, escrevo quando me deixam, e cada vez estão precisando mais de mim. Hoje acordei e reli o que escrevi ontem às três horas da madrugada", Uma segunda demão?, "Em geral não mexo muito, já tento deixar quase pronto de primeira", Quem dera que comigo fosse assim, essa conversa da gente mesmo, vou precisar mexer tanto pra ficar apresentável, "Mas veja, eu tenho setenta e dois anos quase. Não tenho anos e anos pra ficar arrumando. É nada feito conscientemente. Assim, sem querer tapar o sol com a peneira, posso morrer a qualquer hora, já tive um infarto. Então quero deixar minhas coisas do jeito que estão. No mínimo quase prontas. Tenho que me resguardar, porque vejo coisas por aí que os herdeiros fazem, publicam rascunhão mal-acabado. Deixar rascunhão mal-acabado não vou deixar", Mas depois você dá aquele polimento?, tenho um costume de mandar o livro pra um monte de amigo fazer a leitura final, gosto de chamar eles de leitores beta, "Claro que com tudo pronto, dou vários polimentos. Aí escolho duas ou três pessoas e envio. Também mando à medida que vou escrevendo", Ah, tem gente que acompanha o teu processo de escrita?, "Sim. Sempre. Especialmente meu amigo-irmão-crítico Alfredo Monte, em quem confio muitíssimo e não tem medo de apontar os defeitos, e às vezes até de repensar e voltar atrás! Talvez o único crítico que já vi se autocriticar! Gosto do que eles me retornam. Uma volta que diz: vai, está bom, vai em frente. Esse vai-em-frente, preciso receber de outro. Não sou autossuficiente nesse ponto, de jeito nenhum", Faço isso também, dá um prazer esse retorno, "Me sinto realizada, algumas sugestões são ótimas", As sugestões, aceito quase todas, mas tem certas sinucas, vixe, Valéria, o que você faz quando duas ou três pessoas dão opiniões divergentes sobre algum ponto do texto?, comigo, isso me deixa com um sentimento de cão de muitos donos, "Penso, avalio e decido... afinal a responsabilidade é minha e faço questão de escrever com sinceridade e não ajeitar as coisas com medo da crítica... sentiria isso como uma submissão que não quero pra mim".

"Pera, deixa eu reforçar o que disse noutra vez", O microfone é seu, "Não lembro bem, mas você que me perguntou se eu já tinha escrito algo antes de você chegar aqui", Foi isso, "Todo dia, logo quando acordo, eu releio as últimas páginas que escrevi na véspera. Que não é tanto pra corrigir. Às vezes até vou corrigir uma coisinha ou outra, mas é pra me recolocar, pra eu não sair daquele mundo, senão a volta é muito custosa. Agora ultimamente estou escrevendo entre meia-noite e duas, três da manhã. E às vezes não sai mais que uma página. Minha mente ultimamente está nessa, escrever antes de dormir e depois de acordar. E a tua mente de físico, Beto? Deve ser curiosa a maneira como tua mente processa. Nesse ritmo tão intenso que você tem. Fala um pouquinho, é legal pra quem", Ixi, se eu começar a tentar explicar como funciona minha cabeça, nem sei quando vou conseguir parar, "Para de fazer charme, menino. O povo quer saber de você também. Como funciona essa tua mente hiperativa. E agradeça a teus pais por te manterem longe da Ritalina, por preservar essa coisa que você tem que é tão especial", Minha doidice?, "Que doidice?", Quer ouvir mesmo?, ou sugeriu por educação?

IV— DISCIPLINA SEM ROTINA LONGE DA RITALINA

"Da minha rotina ou falta dela, já falei. Agora é a tua vez. É bom você falar mesmo. Muita gente tem a ideia de que quem vive fazendo cálculos não tem sensibilidade, que a cabeça só serve pra domar números", Gostei, domar números, vou usar essa expressão, pense nuns bichos ruins de domar, "Continue, fale e não ligue se eu ficar caladinha. Ainda vou falar muito, provável que mais que você. Fale, fale, pra coisa ficar equilibrada", Oxe, não precisa ser assim, meio a meio não. Você tem muito mais o que falar do que eu, por mim, ficaria só te ouvindo, "Nada disso".

"E aí, tem alguma rotina dentro do teu mundo de maluquice?", Vou meio que repetir o que falei pra você naquele dia que vim aqui e esqueci de botar pra gravar, rotina, não sei se tenho, só se frouxar o seu significado, "Sim, faça isso. E em que momento você escreve? Eu agora só uso o meu tablet que ganhei de presente do meu sobrinho. Posso colocar a letra do tamanho que quiser. Mais prático que escrever no papel pra depois ter que. Já nem consigo ler mais minha letra manuscrita, por causa da artrose e do olho cego. Mas fala", Eu escrevo quando dá, aqui, ali, daqui a pouco, já já, escrevo em caderno, guardanapo, celular, computador, até no braço já guardei frase pra não esquecer, horário, não tenho, se algum dia na vida eu precisasse bater ponto, ia pirar, na certa, eu dou aula, duas horas, já me acostumei em ficar na sala, não fico focado numa coisa só quando tou na sala de aula, escrevo o assunto no quadro, conto piadas pros alunos, quando eles tão copiando, pego um papel e rabisco alguma coisa, ou releio, gosto muito de reler, releio muito o que acabei de escrever, quando tou em casa, impossível pensar em ficar longas horas de frente pro computador, não consigo sentar e escrever páginas e páginas de um romance, até sei o que é pra escrever, não é questão de bloqueio criativo, eu simplesmente não consigo, minha hiperatividade é cruel, ela fala pra mim, pode parar aí mesmo, nem termine esse parágrafo, já passou até tempo demais, vai, boy, levanta daí, vai jogar o teu videogame, joga duas partidas, pronto, agora vai pro Facebook, isso, fica aí, fala umas asneiras, Valéria, dá pra ver que sou meio escravo dela, né?, só depois de um tempo fazendo essas coisas aleatórias que ela me deixa voltar pro meu texto, e assim vai.

"Você não consegue manter o foco, mas consegue produzir. Tem muita gente que vive de iniciar projetos que nunca se concluem. Você bem que poderia virar um desses palestrantes que cobram rios de dinheiro por meia horinha pra falar qualquer baboseira. Eu até pagaria pra uma palestra tua, faria um sucesso", Como ser produtivo, mesmo sendo hiperativo, que tal o título?, "Título é o que não falta. Disciplina sem rotina longe da Ritalina. Não, muita rima esse", Sucesso garantido, resultados em menos de seis meses, "Esse povo adora palavras como vencedor, gestão, resultado. Ia chover de gente querendo ver o seu show", Ainda vou provar Ritalina pra ver se é assim tão, "Não, meu filho, não queira perder sua criatividade", Deus me livre.

Mas confesso que vez ou outra bate a vontade de passar uns dias desligado, Valéria, se você tivesse a noção de como a minha mente fica me atazanando pra eu focar no que interessa, já me joga um sentimento de culpa, tou lá no Facebook, mas com um peso na consciência, me achando um inútil, "Isso não é privilégio seu, não. Tenho que falar quase todo dia pra mim mesma, Valéria, volta pro trabalho, deixa dessa pracinha, vá terminar o romance. Porque o Facebook é igual às pracinhas do interior, está tudo lá, quem casou, quem morreu, quem", Mas sabe, de uns cinco anos pra cá, criei uma estratégia pra não ficar nessa de tá sempre caindo no ócio, "Corra, registre em cartório. Faça um livro. Bote uma capa chamativa. Vá dar uma palestra, está esperando o quê? Esse povo só fala em quantos milhões ganhou, quantos milhões vai ganhar", Só eu mesmo pra dar palestra motivacional, só consigo motivar a mim mesmo, e olhe lá.

"Mas conta", Física e literatura, o fato de ter duas motivações me faz ficar pulando de uma pra outra quando perco o foco, até esqueço o Facebook, não por muito tempo, mas, "Ótimo. Você não trata a escrita como hobby, esse é o segredo", Hobby, pense numa palavra que detesto, essa e job, pra mim, literatura e física passam longe disso, "Mas na física você é obrigado a trabalhar, na literatura não", Obrigado eu sou a dar aula e ter algumas funções burocráticas, mas não sou necessariamente obrigado a pesquisar, "Não?", Tem muito professor doutor que nunca fez um artigo depois que passou no concurso, "Pesquisa é uma das bases da universidade", Considero a mais importante, faço pelo prazer e pela obrigação moral de pesquisador, recebi bolsa, iniciação científica, mestrado, doutorado, pós-dourado, mais de dez anos de dinheiro público investido em mim, "Você está correto, continue assim", Aí do outro lado tem a literatura que nunca foi um hobby, "Pensando bem, o que é hobby?", Acho que algo que a pessoa faz pra relaxar, jogar videogame ou correr é um hobby pra mim, fazer haikai é um hobby pra você, literatura é algo fisiológico, nem sempre tenho prazer quando escrevo. "O haikai é mais que um hobby pra mim, é uma terapia".

No meu computador, o Word e os programas que uso nas minhas pesquisas, os arquivos abertos, vinte e quatro horas por dia, quando a atenção na escrita do conto começa a falhar, meto alt+tab no teclado, e aparece a janela do Maple, que é o programa em que faço os cálculos da minha pesquisa, basicamente é isso, até agora tá funcionando, só não sei até quando, "É brincadeira essa coisa de palestra, mas você poderia fazer uns textos sobre isso. Iria ajudar muita gente como você. Não é fácil conseguir ter disciplina sem rotina", E sem Ritalina.

V— SUCATAS E QUEBRA-CABEÇAS

Motivo de escrever?, escrever pra mim é fisiológico, nem sei direito as razões de me dedicar a isso, não sou do tipo romântico que diz, "Eu não escrevo pra mim, nem pra crítico nem pra ninguém. Escrevo pra alguém. Alguém que não está muito definido, mas se não achar que há alguém que vá ler isso, ou que se possa interessar, eu não sei escrever", Também tenho essa preocupação, vez ou outra me vejo matutando, pra quem eu escrevo?, não é nada do tipo, preciso moldar minha escrita pra que pessoas com tal perfil se interessem por ela, é mais um receio, será que alguém vai querer ler isso?, ou todo esse meu esforço vai ficar só pra mim?, muita gente diz que escreve só pra si, não acredito, "Balela", Creio eu que todo mundo escreve primeiramente pra si, mas se resumir a isso, não, né?, é igual a construir estradas só pra arrodear o quilômetro zero, "Escrever só pra si. Escuto direto isso. Esse é o pensamento de muito escritor iniciante. Escritor ruminante de suas experiências emocionais. Porque muitas vezes é isso, o cara é um escritor ruminante. Acho uma chatice, tem gente que gosta. Deve ter outros ruminantes que se identificam com ele. Acho uma chatice sem tamanho. Como primeiro livro adolescente de tentativa de expressão dos seus confusos sentimentos adolescentes, acho maravilhoso, perfeito, muito bem, todo mundo já foi adolescente, e escrever sobre isso é bom. Mas passar o resto da vida fazendo isso, não. Quer dizer, faça, não sou censora da literatura de ninguém. Só digo que é chato, que não vai ter muito leitor", E não demora pra começar a se repetir, "Pois é, quando dá fé, está lá, caiu na repetição. Porque afinal o ser humano é bem parecido um com o outro. E ruminantes lendo ruminantes, é fácil ver onde isso vai parar", Uma teia de ruminação, tem muito adolescente beirando os cinquenta anos.

"Ó, uma coisa é o prazer que a gente tem. Pra mim, é uma atividade prazerosa em si. É tão prazeroso brincar com as palavras. O pessoal fica perguntando de onde saem os livros. Acho que os livros saem de um imenso depósito que tem na cabeça, um depósito de peças de vários puzzles de um quebra-cabeça bem peculiar, essas peças todas misturadas que foram nos entrando pelos cinco sentidos através da vida, com todos os tipos de sensações que você tem, que vem de fora do mundo, que vem de dentro de seu estômago, do rim, do enjoo que você sentiu, da tontura, de tudo que a gente já viu e já sentiu", Um grande quebra-cabeça, eu gosto de visualizar no lugar de um quebra-cabeça, uma sucata, que dá no mesmo, uma sucata que a gente vai jogando lá o que a gente encontra na beira da estrada, como você falou, o tempo todo catando, e jogando lá, catando e jogando lá, e é uma sucata diferente, aqui os pedaços não preservam sua solidez, eles interagem, se interferem, numa transmutação à revelia da gente.

"Tenho certeza, minha cabeça nasceu vazia. Sem sucata nenhuma. Tudo que tem lá dentro, entrou. Só tem ali aquilo que você foi absorvendo do mundo, mesmo desde dentro do pequenino mundo que é o útero da mãe. E neste mundo eu me incluo a mim mesma. Não sou o Eu centro do mundo, eu sou um pedaço do mundo, que é afetado o tempo todo também pelo mundo. Não sou uma pessoa de jeito nenhum introspectiva, que fica… que fica…", No labirinto das reticências, ruminante, "Eu jamais poderia ficar escarafunchando os meus sentimentos mais profundos e não sei o quê. Isso eu jamais seria capaz de fazer. Sei lá, quero nem saber quais são os meus sentimentos profundos. Não fico me examinando, sendo uma psicanalista de mim própria. Não sei fazer isso. Não digo que não é bom, nem que é ruim", Talvez eu faça mais isso porque minha mente pede, ela é egocêntrica pra caralho, me quer atenção o tempo todo, muitos se preocupam em não perder a cabeça, eu tenho medo de me perder dentro dela.

"Então, se eu vou escrever uma história, um conto, um romance mais ainda, que é mais intrincado. Vamos dizer que, ao invés de ser um puzzle de quinhentas peças, um romance é um puzzle de dez mil. Pra mim, escrever é isso, é ficar catando aqueles pedaços de quebra-cabeça e tentar montar alguma coisa, porque sei que eles são ou podem vir a ser parte de uma imagem que faça sentido", Só a experiência, né?, pra fazer quem vai nessa sucata com milheiros de peças ter mais facilidade em perceber qual peça é a que presta, e qual é a que não presta, é claro, não faz sentido falar em perfeição ou até mesmo qualidade em um texto literário, mas ter uma certa rodagem no ofício da escrita ajuda quando a gente está escrevendo, falo por mim, quando olho pra trás, percebo claramente que precisei passar por quase vinte anos de escrita diária pra conseguir alguma evolução e chegar ao nível que tenho hoje, "Comigo não percebo essa evolução. Mas o meu caso é bem diferente do teu. Escrevo desde nova. Desde menininha, toda a minha família dizia que ia ser a escritora da família. E li a vida toda, da pré-adolescência em diante, umas mil páginas por semana. Tive muito tempo na vida pra aprender a escrever antes de publicar *Vasto Mundo*", É, sorte a tua, não tive uma grande educação, o meu aprendizado foi meter a cara na parede e não desistir, na tentativa e erro, "Método ativo", Quando encontro, em alguma pasta, algum texto que escrevi quando tinha dezessete, dezoito anos, chega salta aos olhos, de cara dá pra ver, eu escrevia por escrever, nem sabia porque tava fazendo aquilo, tipo um cachorro sem dono, "Mas você conseguiu achar o seu caminho. Você escrevia porque queria ser escritor".

VI — SOMBRAS NA CAVERNA

"Tenho o maior prazer de escrever, mas escrevo meio que com um objetivo sabe, Betinho, você tem que ver que, antes de tudo isso, tive uma experiência de vida, uma série de opções que o mundo me mostrou. Pra mim, escrever vem depois do desejo de prestar serviço. Podem me interpretar mal, mas a literatura me veio como uma sobremesa. Mas não a trato em nenhum momento como algo descartável, não gosto de falar de asneiras. A literatura veio pra somar e falar do que vi e vejo neste mundo e que não parece sempre visível pra gente que, só por poder ler, já é um privilegiado... Uma ferramenta", Essa visão de mundo é o que guia a gente, não me vejo também escrevendo sobre o banal, "Não estou aqui a passeio, só pra me divertir. Vai chegar uma hora que não vou ser capaz de fazer grande coisa. Vai chegar a hora em que minha vida vai ser passear no jardim ou ler um livro pra logo esquecer quando terminar de ler. Mas por enquanto ainda sou capaz de escrever, quero que minha escrita tenha alguma serventia".

Combati o bom combate, acabei a carreira, perseverei na fé, não tem uma vez que não pense em você quando leio essa frase de Paulo.

"Escrevo sobre um mundo concreto. Tem um amigo que diz que sou uma escritora materialista. Nunca faço longas digressões sobre a subjetividade. Na verdade, o sentimento, o que pensam os meus personagens, passa através das ações, do movimento, das descrições das coisas. Ultimamente tenho usado sempre um narrador na primeira pessoa, uma narradora, aliás. É em primeira pessoa, mas não é por ser em primeira pessoa que vou cair na falácia de ficar dissecando os seus sentimentos, nem os meus, como já disse. Faço com que ela, do seu jeito, fale do mundo que está fora dela. E quando ela imprime sua visão do mundo, necessariamente revela o seu ponto de vista. O que faz ela transparecer", Sombras na caverna da mente dela, é um processo interessante, pra mim, escrever é uma forma ancestral e sofisticada de pintura, uma pintura codificada, sabe, você falou quase agora desse negócio da tua mente ou a mente do personagem ser só um escuro, "Ou uma página em branco", Ainda bem que essa parede negra é bombardeada pelo que vem de fora e isso dá a ela uma configuração única, e é isso que procuro representar quando sento pra escrever, brincar de domar a luz que ricocheteia nas paredes da consciência.

"É isso mesmo que você falou. Cada vez menos consigo falar de personagem que foge da minha experiência da realidade. Tenho que ter algo dele comigo, pra que eu possa entrar nele. Eu tenho que estar muito dentro do personagem pra poder falar do seu ponto de vista. Se eu passar muito tempo sem mexer no texto, vai ser uma luta, vou ter que recomeçar a ler tudo desde a primeira linha pra poder entrar de novo", É muita coisa pra preservar, linguagem, o discurso, os vícios, as qualidades, é feito o protagonista de tirinha de jornal, Snoopy, olha ele, o desenhista precisava estar atento pra manter os traços, "Exato. É um personagem que inventei, é ele quem vai narrar aquela história. Tenho que encarná-lo, é um pouco como um ator antes de ir pro palco", E um bom ator, pra ser um bom ator, tem que se impor o papel, se deixar levar, sem essa de ficar julgando o tempo todo, julgando o personagem, é igual a tentar fingir que está dormindo, não funciona, a pessoa só consegue convencer que está dormindo se ela realmente tentar dormir, "Encarnar quer dizer se fazer carne", Não venham entender que tenho vontade de ser um psicopata ou um pedófilo, mas tem que rolar durante o processo de escrita um querer-ser pra que o personagem exista de verdade, carne e osso, tridimensional, orgânico, esse blá blá blá, "Isso mesmo. Já vi alguém dizer assim.

Ah, me lembrei, foi numa fala que aquele ator fantástico que fez o João Grilo no Auto da Compadecida, Matheus Nachtergaele. Quando perguntaram a ele o que ele fez pra encarnar tão bem o personagem. Ele disse: fui o cavalo de João Grilo", Cavalo?, "Sim, o cavalo da umbanda, aquele que recebe o espírito do outro. Achei interessante demais essa comparação. E é isso mesmo. E não é nada tranquilo fazer isso, custa, e nem sempre se consegue. Mas a gente se esforça. O que faço todo dia quando acordo de manhã é tentar me manter em sintonia com a personagem que não vejo desde a madrugada".

Sintonia com os personagens?, muitas vezes rola um conflito, um embate, me incomodo muito com certos posicionamentos que me vejo obrigado a fazer e que eles tomam, dá vontade de forçar eles a serem algo diferente, tipo pegar na mão de cada um e mostrar o caminho, mas ainda bem que nessas horas o meu instinto fala mais alto, Beto, deixa eles irem por si só, você sabe que tem de ser assim.

"Quase sempre me guio pela necessidade de apresentar os invisíveis. Também de denunciar certos personagens. Escrevo pra denunciar, olha, tenho meio que uma obrigação em apontar certos conflitos", Conflito de valores?, "Consciente ou inconsciente, a pessoa tem um código de valores. Sem ele não se consegue dar a mínima coerência pra si mesmo. Pra um personagem, é necessário que esse código exista", De vez em quando leio uns textos, dá pra ver que quem escreveu quis escancarar a denúncia logo de cara, "Aí tem que saber como se denuncia", Não tou falando do teu caso, tou falando do tipo de texto que só faltam colocar uma nota de rodapé dizendo, olha, você me conhece, né?, eu sou o escritor fulano de tal, eu sou a escritora fulana de tal, tenho uma biografia a zelar, por isso que fique claro que esse personagem aí não tem nada a ver comigo, por favor, minha gente, não me confundam com essa pessoa horrorosa porque fiz um esforço sobre-humano pra colocar no livro e só tive estômago de fazer isso por causa da necessidade urgente de denunciar suas aberrações morais, "Não preciso fazer isso pra denunciar. Eu só conto a história e pronto. Quem ler vai entender. Leitor não é burro", Quando me perguntam, gosto de dizer que, nessas situações, meu interesse é procurar entender a mente do vilão, "Tentar entender o que for que seja é o básico pra se meter a escrever", É claro que só em falar o termo vilão já tou sendo maniqueísta, mas tudo bem, tá lá uma pessoa que, de certo modo, eu detesto, mas mesmo detestando, eu sei que preciso dar voz a ela, uma voz que convença, mas essa voz só vai ser convincente se eu tiver disposto a entender e imaginar que por trás dessa voz existe uma pessoa que tem um modus operandi diferente do meu, "Descobrir a lógica dessa pessoa", Entender não significa justificar, "É jogar luz, explicar, dar coerência pra ela, nem que essa coerência seja uma mentira, uma mentira voluntária".

VII – A VOZ DO CHÃO

Valéria, você tem um número razoável de livros publicados em literatura, romances, contos, haikais, é normal que as pessoas achem que foram sendo editados ao longo de tua vida, mas só foi em dois mil e um que você publicou o teu primeiro livro de ficção, eu queria saber mais sobre *Vasto mundo*, sabe, acho que nunca te falei, mas toda vez que você fala dele, percebo um carinho, um sentimento diferente, "Tenho um carinho diferente por cada livro que publiquei. Desde o primeiro, que foi nos anos sententa", Você tem?, qual o título?, "O título é *História da Classe Operária no Brasil – vol. I: Gestação e nascimento*. Foi publicado pela Ação Católica Operária, acho que em 74 ou 75, sem meu nome como autora, por motivos óbvios na época. Vou verificar a data certa e te digo", Quero ver, mas *Vasto Mundo* é o primogênito na ficção, "Falando nisso, ano que vem *Vasto Mundo* vai ser reeditado pela Alfaguara", Ano que vem é dois mil e quinze, só pra quem tá lendo se orientar.

Mas me diz, e esse negócio de confundirem esse romance com um livro de contos?, "Nem me fale. Desde a primeira versão, escrevi pensando assim: vai ser um romance. Isso foi mais ou menos em noventa e oito, noventa e nove. Quis fazer um romance que não tivesse um indivíduo protagonista", Inventadeira de moda, "Queria fazer que o protagonista fosse o Coletivo de um pequeno vilarejo: o povo. Só que, pra contar essa história, precisei contar a partir de histórias individuais que não se contam sem apresentar a relação com o Coletivo", Coletivo, nome próprio.

Eu li essa nova versão de *Vasto Mundo* e percebi perfeitamente agora, foi sensacional a sacada que você teve de criar o Coletivo, "Não foi? O livro todinho tem passagens assim: o povo já dizia que, o povo fez isso, o povo fez aquilo, todo mundo isso, todo mundo aquilo, a multidão, a praça, a notícia de briga, de nascimento, de morte. Tudo em torno do Coletivo. A gente é o que a gente é dentro de um coletivo, ou de vários coletivos em que a gente exista", O tempo todo na cara e tem quem não viu?, pra mim, o Coletivo foi o suficiente pra unir os vários contos, digo, contos entres aspas, porque de certo modo também são contos, mas o romance grita quando esses contos se completam, o Coletivo influenciando tudo, "Viu que chamei esse coletivo de O Chão, né? É o Chão quem abre o livro. Tem um primeiro texto, um texto em primeira pessoa, em que é a Vila da Farinhada que fala dos seus moradores. E pensei que com essa fala tão patente seria o suficiente pra apresentar o Coletivo. O título já diz tudo, *Vasto Mundo*. Aquela pequena vila contém todo um vasto mundo. Esse vasto mundo é todo mundo que vive nela e que passa por ela, o que chega nela, com a diversidade de que o humano é capaz, etc.", É um romance, isso está claro, mas qual foi o motivo de tratarem como um livro de contos?, "Ah, uma longa história", Pera, bora pra outro capítulo.

VIII – REGRAS PRÓPRIAS

"Então, a confusão com *Vasto Mundo* foi porque a editora pediu uma apresentação pro Frei Beto, ele não notou a minha lógica do Coletivo, e apresentou como um livro de contos. Mas não vai me deixar ficar falando só. Estou de olho, viu?", Continua, mais pra frente tagarelo eu, o que tinha nessa apresentação?, "Olha o título dela: Contos, Cantos e Encantos", Ferrou, "E pra aumentar a confusão, lá dentro, no texto dessa apresentação, tem uma hora que ele escreve que no livro eu narro causos", Ixi, "Não vi a apresentação antes de mandarem imprimir o livro, porque era uma surpresa deles pra mim. Aí quando o livro pronto chegou nas minhas mãos já era tarde. Veja na ficha catalográfica, está lá, romance brasileiro. Só que não teve jeito, *Vasto Mundo*, livro de contos, ninguém diz que é romance. Os capítulos viraram contos. Porque eles foram feitos assim, de uma maneira que podem ser retirados, lidos na ordem que se quiser, e ter uma unidade própria, que ajuda a compor a unidade do conjunto... Dá pra ler em qualquer ordem porque no Coletivo não tem isso de primeiro, segundo, terceiro", Procurei a versão de dois mil e um, mas não achei, "Esgotou faz tempo. A editora era de um casal. E ela faleceu. A editora fechou. É um livro muito procurado, usado em universidade, em escola de educação de jovens e adultos. Que bom que saiu pela Alfaguara numa versão melhorada. Ah, e nessa versão eu mexi no livro pra evidenciar essa ligação interna e aquilo que eu queria dizer. Acrescentei mais dois textos desses em que a Vila fala, intitulei mais explicitamente: a voz do Chão. O livro tem três blocos: a voz do Chão um, dois e três. O primeiro bloco é a reação do povo frente aos fatos que acontecem com quem nunca saiu dali de sua redondeza. O segundo bloco são episódios que giram em torno de pessoas que foram embora e voltaram trazendo com elas consequências do mundo externo. E no terceiro bloco, falo daqueles que foram s'embora e só voltam na forma de lenda e de lembrança".

Que sacada essa a tua de criar uma estrutura, isso meio que retira o caráter aleatório do livro, mais do que isso, foi o fato de você ter determinado essas regras que evidenciou o suposto livro de contos como romance, é muito legal quando a gente encontra uma estrutura pro livro, né?, é como se aquele conjunto de cenas de um ou vários personagens que antes soavam meio fortuitas, de alguma maneira, ganhasse um esqueleto, uma sustentação, todas as cenas agora são como carne colada criando um corpo robusto que é o livro todo em si, "Concordo, mas tem que cuidar pra não ficar forçando a barra. Porque pode acabar engendrando uma carcaça artificial, e fazendo assim é bem provável que faça o efeito contrário. Tem muito romance engessado", Carne colada com Super Bonder num manequim comprado no camelô, falei algo parecido com isso no romance que tou escrevendo, "Não consigo me imaginar fazendo um livro em que antes de começar a escrever, eu vá e me sente pra fazer esquema. Já vi a descrição de escritores que eles primeiro pensam num tema, aí abrem o Excel, e fazem um mapa e, em cima desse mapa, vão desenvolvendo um organograma dos personagens. Nunca me vi assim. Acho uma chatice. Pra fazer uma coisa dessas, melhor era eu fazer um doutorado em alguma coisa", Nem na minha pesquisa funciono dessa maneira, sou daqueles que se joga dentro do furacão sem saber nem o que tem ali dentro, é mais doloroso e sofrido assim, mas fazer o quê, tem um prazer escondido dentro disso, "Pra mim fazer ficção é um prazer. É uma aventura, uma grande brincadeira, brincadeira séria, mas não deixa de ser brincadeira".

Antigamente, eu ficava nessa de achar que só seria sensato começar o livro quando já soubesse sua estrutura, só foi quando eu tava escrevendo *Palavras que devoram lágrimas* que me toquei que não era assim que funcionava na minha mente, percebi que o que tem que ser aparece depois que a escrita já começou, por exemplo, sabe o negócio do esquema das camadas de cores que inventei em *Palavras que devoram lágrimas*?, "Foi uma saída excelente. Sete cores, sete anos do casamento narrados de frente pra trás. Não foi isso?", Então, depois de perceber que eu poderia moldar o livro em cima dessa lógica das camadas, o resto saiu naturalmente, Maria lixava as paredes e reencontrava as cores, pense numa coisa óbvia, mas só tive essa sacada quando já tava lá na página vinte, vinte e cinto, "Gostei de tudo. O título *Palavras* é um achado. Só aquelas palavras todas em minúscula é que não achei uma boa opção, não. Pessoas com dificuldades de visão como eu, velhos, quase cegos, aprenda, a gente se guia nas maiúsculas. Sem elas a gente se perde, a gente fica meio procurando onde segurar e não encontra, e fica sufocada meio sem chão, se perde nas linhas. Ainda bem que na nova versão você escutou meu conselho", Relutei muito, mas fiz bem em mudar, não que eu tenha mudado de opinião sobre ficar tudo em caixa baixa, tudo em minúsculo não era capricho estilístico, só mudei de opinião porque do jeito que tava, quem fazia resenha só atentava nisso, não falava mais nada do livro, só que era escrito em minúscula e em parágrafo único, só Alfredo Monte que entendeu realmente o motivo delas estarem ali, "Alfredo é genial. É caso à parte".

"Achar uma lógica ou uma regra qualquer pra seguir. Nos outros livros é claro que tive que descobrir qual esqueleto se encaixava no que eu queria, fui descobrindo enquanto escrevia. E às vezes nem é a estrutura do livro em si, por exemplo, no *Voo da Guará Vermelha*. Ah, uma curiosidade, você sabe qual era o nome original do *Voo da Guará Vermelha*? 'Das cores e dos seus perigos'", Eita, qual o motivo?, "Pera, já falo, antes que eu me esqueça, quero falar de uma coisa que me surpreendeu no *Voo da Guará Vermelha*. Quando eu estava escrevendo, já depois da página trinta, eu tive um espanto, quando vi, sem querer, que eu estava narrando num ritmo que era bem familiar pra mim".

IX – SEGUE O RITMO

Ritmo é tudo, sempre quando tou com um texto perto de ser finalizado, tenho o costume de me trancar no quarto e ler em voz alta, se aparece uma frase truncada, sufocante, reescrevo pra manter a levada, noutras vez é o contrário, crio intencionalmente um engasgo bem quando quem tá lendo já tá completamente imerso na corrente do texto, uma topada que boto só de maldade, meio que dizendo, presta atenção, cara, que essa pedra que tu topou é importante pra história, "Saber fazer isso como recurso narrativo acho inteiramente válido", Aí, Valéria, tem vez que vou reler algo que escrevi no passado, nem há tanto tempo assim, três, quatro anos, aí começo a ler e meio que demoro pra pegar no tranco, mas aí insisto e consigo entrar na cadência, "É natural mudar a maneira de se escrever. O que você está lendo influência muito", Valéria, fico sempre com uma pulga atrás da orelha, será que quem for ler o que eu escrevi também vai ter a capacidade de pegar o ritmo e entrar nesse fluxo?, ou eu só consigo entrar porque o texto é meu?, "Pegar o ritmo ou não, até certo ponto, vai depender da sensibilidade de quem vai ler", É um misto, consciente e inconsciente, um jogo de sintonizar a mesma estação, "Se quem escrever tiver ritmo, esse ritmo de alguma maneira puxa o leitor pra frente, ele vai mesmo sem perceber".

Em *Ouro dentro da Cabeça*, você quebrou as frases pra forçar o leitor a pausar , "Pera lá, você me interrompeu e acabou o capítulo na hora que estava falando de *O voo da Guará Vermelha*, sobre o seu ritmo. Gostei que fez o gancho pra esse novo capítulo e agora posso falar com detalhe sobre o assunto", Vou abrir até um parágrafo.

"Tem a Jô Albuquerque, que é uma atriz de Campina Grande. Ela pegou um trecho d'*O Voo da Guará Vermelha* e gravou um vídeo, está no Youtube – se der bota o link aqui. Se você notar esse trecho, ele é todinho em heptassílabos", Explica o que é heptassílabos, "Ah, Beto, só ver aí na internet. É quando o verso tem sete sílabas, não sílabas normais, mas as sílabas métricas ou poéticas, como dizem. Se você for ver o vídeo é só contar, sete sílabas cada frase. Parece um cordel, poema, ouve-se como uma série de versos, mas não é, é um trecho de prosa", Você não premeditou, tipo, vou seguir esse esquema, "Não, fiz sem querer. Só fui perceber lá pra frente. Tudo saiu naturalmente", Tá no sangue, "E está, viu? Passei anos da minha vida indo pra feira. Em dia da feira, eu não aceitava nenhuma reunião. Ia embora pra ouvir cantador, recitador e vendedor de cordel", Você absorveu a habilidade e aplicou, mesmo que inconscientemente, numa área diferente, esse hibridismo me interessa muito, "E se a gente for a fundo, não é surpresa que se escreva em heptassílabos, é o intervalo certinho pra gente manter a respiração sem perder o fôlego, Da-res-pi-ra-ção-da-gen-te", Sete, "É a frase que é mais cômoda de você emitir sem precisar respirar de novo. Sete, oito sílabas, é por aí. Essas métricas clássicas tradicionais, não é à toa, elas têm a ver com ritmo da respiração. Depois descobri trechos imensos de Jorge Amado, tudo em decassílabos. Você pode pegar uma viola e cantar trechos dos livros dele como se fosse cordel", Sabia que no rap eles chamam esse ritmo de flow, eles vão criando as frases em cima de quatro batidas sequenciais, tudo no dois por dois, no rap, o mc não é um cantor, ele não é um intérprete de uma melodia, ele também tem que obedecer uma certa divisão rítmica e serve como um instrumento, coisa que os emboladores também seguem, e tão aí faz mais de século com essa filosofia fazendo igual, "Tem ritmo em tudo: na batida do coração, no barulho da máquina de lavar, da água caindo do chuveiro, no som das ondas do mar. É natural que a cada um de nós também tenha um ritmo próprio. Eu tenho o meu, você tem o seu", Meu ritmo é de quem vai salvar a mãe da forca.

X – CEMITÉRIO DE PLANOS
CEMITÉRIO DE MEMÓRIAS

Valéria, lá perto de Tibiri tem um loteamento novo que até um dia desses era canavial, até que viram que era mais vantagem vender os terrenos pra construção, tava no boom da era Lula-Dilma, em todo buraco tinha terreno e casa pra vender, "No Brasil inteiro foi assim. Tinha um déficit de moradia. Por isso tanta gente correu pra ter a casa própria", Aí tiraram a plantação, um terreno enorme, plano, de mato só ficou uma mata do lado porque deve ter uma lei ambiental qualquer porque senão eles arrancavam também, aí veio o trator, e tirou o mato seco e terraplanou, o engenheiro acompanhou os pedreiros colocarem aqueles blocos pesados de granito em fila indiana pros meios-fios ficarem bem colocados, quando passaram o cal, tudo branquinho, tiraram um monte de foto com o drone, igual ao desenho do arquiteto, depois cravaram os postes, a Energisa passou o fio e botou lâmpada, os transformadores pareciam caixas de marimbondo, a Cagepa levou os canos de água até a entrada de cada lote, por coincidência passei por lá na semana que colocaram à venda os lotes, esse loteamento é bem isolado, uns dois quilômetros, mesmo assim deu vontade de morar lá, ainda mais porque puxaram uma pista que dava na saída de Tibiri, desembocando na BR, uma mão na roda pra quem trabalha em João Pessoa, nesse dia que passei por lá, tava uma confusão na entrada de Tibiri, que sempre é um vai e vem de carro, umas moças de legging dando panfleto, no girador que vai pra Santa Rita a pessoa já dava de cara logo com três outdoors, Samuka garoto-propaganda, em cada outdoor uma pose, ele lá segurando uma chave de tamanho gigante, o outdoor dizia, divide até em cem anos, plantão de vendas no local, financiado pela Caixa, Minha Casa Minha Vida, o melhor lugar pra morar, e aí, Valéria, sabe o que aconteceu?, "O esperado seria eu responder que não deu terreno pra quem quis , mas pelo tom da tua voz" , Nada, não aconteceu nada, isso faz três anos, só pra situar, a gente agora tá em dois mil e dezessete, até hoje não construíram nem uma sapata sequer, quem comprou o terreno não teve coragem de ser o primeiro a levantar as paredes da casa, ficou aquela de um esperar pelo outro, e o outro pelo um, e até hoje tá assim, uma imensidão de nada, se você for lá ver, o mato tomou conta, o meio-fio só lodo, uma tristeza só, um cemitério, pior que um cemitério normal, é um cemitério do que nem chegou a se configurar, ninguém vai saber o que tudo aquilo poderia ser.

"Agora é minha vez de te contar uma história. Nos anos oitenta, passei por um monte de países da América Central. Morei um tempo em Cuba. Trabalhei por um tempo na Casa de Las Américas, da qual, por coincidência, acabei de ganhar um prêmio por *Outros Cantos*. Só esperar traduzirem pra ter o lançamento lá em Cuba e, é claro, que vou lá, né?, quero rever muita gente. Rever quem está vivo, né, porque muita gente amiga e querida era bem mais velha que eu", Me leva na mala, "Mas voltando. Nessas andadas pelo mundo, calhou de eu ir passar um tempinho na Nicarágua. Cheguei em oitenta, primeiro ano da revolução. Você é muito novo pra saber, depois procura no Google: Revolución Popular Sandinista. Que foi muito influenciada pela Teologia da Libertação. A Igreja resolveu ter uma visão mais crítica e optar pelos pobres. Daí foram se criando redes e agrupamentos latino-americanos de educadores populares no continente. Foi assim que parei lá. Mas o que quero falar é que em setenta e dois, oito anos antes, tinha havido um terremoto. Manágua já havia sido devastada nos anos trinta. Nesse tempo, reergueram a cidade, fizeram edificações mais fortes. Em vão. O terremoto de setenta e dois acabou com Manágua, vinte mil mortos. A coisa foi tão intensa que até hoje eles comparam esse terremoto com as bombas de Hiroshima e Nagasaki. É difícil imaginar, a tragédia arrasou com a cidade inteira. Cinquenta mil casas e edifícios de uma hora pra outra viraram escombros. Trezentas mil pessoas desabrigadas. Prefeitura, hospital, delegacia, prisão, escola, nada ficou em pé. Os mortos, caminhões pegavam aos montes e enterravam em valas comuns. Tinha que se livrar logo dos corpos por causa de doenças. Vi fotos horríveis de centenas de cadáveres amontoados, cremados no meio da rua mesmo", Cenário de guerra, "Depois de tudo, a cidade era só um entulho. E esse entulho não tiraram assim de um dia pro outro. Levou mais de ano, os caminhões daqui pra lá, enchendo o lago de entulho. Cheguei lá oito anos depois do terremoto, e a cidade, não, não era uma cidade, o que restou da cidade em grande parte era só isso, terreno baldio, meio-fio e asfalto. E em alguns lugares, recolocaram os postes pra retransmitir a energia. Pior que numa guerra, numa guerra muita coisa fica em pé. Em grandes partes de Manágua, não tinha quase nada de pé e pouco tinham conseguido reconstruir. Como lá não tinha nome de rua nem número de casa, a coisa funcionava assim: se perguntavam um endereço pra alguém, a pessoa te respondia: *de donde foi la coca-cola docientos metros hacía el lago*, mas só que eu, recém-chegada, não sabia onde foi a coca-cola porque não tinha nenhuma coca-cola mais pra eu me orientar. Não tinha nada. Só as ruas. E as pessoas sabiam mais ou menos onde foi a coca-cola se guiando pela direção do lago e pela memória. E eu estrangeira sem entender nada. A cidade parecia com o teu loteamento, só que antes tudo era cheio de casa, e de um dia pro outro, se tornou um vazio. Um cemitério com um lago do lado".

Pelo menos em Manágua teve uma existência, uma história, que mesmo depois do terremoto ficou preservada em fotografias e na memória, o de Tibiri não, nem isso, "Mas esse loteamento lá nos cafundó de Tibiri, não dá pra saber, talvez um dia construam", Torço pra isso, porque é lamentável, né, um cemitério de algo que nem existiu, um cemitério sem almas penadas, "Isso", E esse papo de cemitérios, daria até um conto massa, "Sempre dá pra extrair coisa boa, não importa qual seja a banalidade", Né, acredito que quanto mais a pessoa permaneça explorando certo assunto, mais precioso é o resultado dessa exploração, precioso não é bem a palavra, "Sempre dá, por exemplo, compara o teu cemitério com o meu. Vendo de longe, não dá pra saber qual deles já foi cidade e qual ainda está nesse devir", Olha, outra coisa também, tem um aspecto abstrato relacionado a esses dois cemitérios, no de Tibiri, apesar de nada ter sido construído, um conjunto de planos e expectativas foi feito por quem chegou a comprar os terrenos, e isso está preservado na mente de quem planejou, no caso do cemitério da Nicarágua, como você mesmo disse, as memórias ficaram, e olhando assim, memórias guardadas e planos frustrados, eles se confundem, "Está vendo, é um poço inesgotável, se a gente ficar aqui nesse ping-pong, dá pra escrever páginas e páginas sobre o assunto", Pior que nem sei por que a gente entrou nesse assunto.

XI – VASTO MUNDO

Já percebeu que a gente acaba sempre voltando pra *Vasto Mundo*?, "Não é isso? Fixação sua. Paixão por Farinhada", Talvez por ter sido o pontapé inicial da tua literatura.

"Sobre *Vasto Mundo*, pra ter a capacidade de escrever esse livro, antes tive que viver. Quando vim pro Nordeste e fui parar nos pequenos povoados, me senti desembarcando noutro mundo", Outros cantos, você tinha quantos anos?, "Trinta", Idade de Cristo, "Eu vinha de um porto cosmopolita, nasci e vivi em Santos, depois no Rio, que são cidades que estão voltadas pra fora. Santos girava em torno do porto, cheio de estrangeiro, de marinheiro, de navio entrando e saindo. O divertimento da criançada era ir pra beirada da praia, pra balaustrada da ponta da praia no canal por onde passava os navios, ver transatlântico entrar e sair, dar adeus pra quem estava indo. Aí vou e caio num pequeno povoado do sertão daqui do Nordeste", Qual cidade?, "Várias. Vivi num lugarzinho, Caraibeiras, no sertão de Pernambuco, que nem era sede de município, Tacaratu, no meio de coisa nenhuma, a mais ou menos uma légua do Moxotó, e o Moxotó não era perene ainda, nesse tempo eles estavam fazendo a barragem que ia destruir Petrolândia. Vivi ali, no povoado que ficava isolado da sede do município durante o inverno, a estrada de terra que passava por uma serra despencava a barreira", Demorou quanto tempo pra vir pra Paraíba?, quantos anos você já tá aqui?, "Eu cheguei no fim de setenta e seis. Fui pra Pilõezinhos, um município minúsculo a uma légua de Guarabira, enfiado no meio das montanhas, não existia condução, tinha que ir a pé pra Guarabira. Passei uns anos lá", Você se sente mais santista ou mais paraibana?, "Meio a meio. A Valéria de carne e osso é santista. A escritora Valéria é paraibana. Mas já vivi mais da metade da minha vida aqui na Paraíba, quarenta dos meus setenta e cinco, e sou paraibana por escolha, e por decreto municipal e estadual! Sou paraibana por osmose".

"Então, nem preciso falar que, com tudo isso, você aprende a viver, todo mundo sabe de tudo, a depender um do outro, a interdependência pra poder existir, viver e ser gente é muito grande. Eu ia descobrindo a cada dia, a cada pessoa, coisas que iam configurando realmente um mundo riquíssimo e vastíssimo. Podia continuar lá eternamente, todos os dias eu tinha surpresas nas conversas com as pessoas, etc.", Você fez parte do Coletivo, "E ainda me sinto parte dele. Mas pera lá, vamos mudar o rumo dessa conversa. Isso não é uma biografia. E você, você se sente paraibano?", Sou de Tibiri, Tibiri é coisa à parte, Tibiri é como se fosse um principado encrustado na Paraíba.

XII – OURO DENTRO DA CABEÇA

Tou tentando fazer de cabeça uma contagem ligeira dos teus romances, deixa eu ver se lembro de todos, além de *Vasto Mundo*, tem *O voo da Guará Vermelha*, *Quarenta Dias* e esse que você tá terminando, "*Outros Cantos*", Quatro no total, não, oxe, ainda tem *Ouro dentro da Cabeça*, como me esqueci dele?, "Até eu esqueço. Não por ser um livro menor", Você acha isso?, "Não, não é menor, é um livro especial, desenvolvi esse com a preocupação de ter um formato direcionado pra novos leitores".

"O *Ouro dentro da Cabeça* é de certa forma um autoplágio. Quer dizer, eu retiro duas vozes de dentro do *Voo da Guará Vermelha*, simplifico também a estrutura complexa das narrativas que são cruzadas", Sabia que li o *Ouro* e nem me dei conta?, "Nem precisava. Depois de feito, se tornou independente. O sujeito desse romance é o aluno hoje das aulas de EJA, de Educação de Jovens e Adultos, que se espalharam pelo Brasil. Tem muito jovem e adulto fazendo o ensino fundamental", Vi aqui no Google que é mais de seis milhões, "Esse tanto de gente começando agora, precisa de uma leitura que ajude nesse processo".

"Então, muitos amigos que trabalham nesse campo começaram a reclamar. Apesar de o *Voo da Guará Vermelha* refletir a história de muito dos seus alunos, a estrutura da narrativa tornava difícil a leitura pra eles. Você sabe, né? Teus alunos de física no começo não devem perceber certas coisas que, pra quem já está com alguma rodagem, são tão óbvias que você chega a nem entender como eles se atrapalham", Quase todos, e já fui desses também, e o pior é que tem muito professor que não tem tato pra perceber que pra esses novatos tem toda uma novidade, mesmo que seja minimamente diferente do corriqueiro, tá longe de ser óbvia, já testemunhei muita grosseria de certos professores, um dos papéis de quem se mete a querer ensinar é entender cada passo do aprendizado, o tempo de assimilação, processamento e compreensão, isso tem que ser respeitado, "Você não faz ideia. Quando se está começando, aprendendo ou reaprendendo a ler, é como alguém que está aprendendo a dirigir automóvel: mesmo se você já tirou a carteira, nas primeiras vezes, a pessoa fica o tempo todo pensando em alavanca e pedal e direção, embreagem, ponto morto, freio motor", Nem me fale, quando comprei o meu Uno, nem olhava pro lado, era uma sensação de estar preso numa camisa de força, "Demora pra que os movimentos se mecanizem de tal maneira que se tornam inconscientes, e é só depois disso que o espírito do leitor, opa, do motorista, fica livre pra olhar a paisagem, pra conversar com o outro passageiro. No caso da leitura, só aí é que você vai poder fruir do conteúdo, do sentido que está escrito ali", A gente perde a noção da complexidade do que é ler, aprender a ler depois de velho deve ser meio como ir morar na Alemanha sabendo nada de alemão, "Quem se alfabetizou quando criança não tem mais consciência, não tem lembrança do esforço psicomotor, intelectual, da sofisticação de processos que implica a leitura", E tem gente que infelizmente teve educação capenga, até que sabe ler as palavras, sabe escrever mesmo com alguma dificuldade, mas quando colocam algum texto na sua frente, essa pessoa não vai no automático, fica lendo sílaba por sílaba, "Analfabetismo funcional, o número é altíssimo. Sabem ler, mas derrapam na interpretação. E manda um deles fazer um cálculo simples mas necessário à vida cotidiana, faz de cabeça! Não é questão de inteligência... é de treino", Conheço gente com doutorado que tem esse tipo de falha, pra mim é falta de sincronia entre os lados do cérebro.

"Aí ficavam me cobrando: queremos um *O Voo da Guará Vermelha* escrito de maneira que a leitura custe menos desse ponto de vista. Aí o que é que eu fiz? Retirei de dentro da Guará Vermelha a autobiografia do Rosálio e reescrevi tudinho. Sem facilitar no sentido do conteúdo nem do vocabulário nem nada. Só estabeleci um ritmo. Se você olhar o livro, a margem direita é toda retalhada. Por quê? Porque muitas vezes o neoleitor, como se chama hoje, que ainda não lê facilmente 'de carreirinha', tende a fazer uma pausa no fim da linha. Essa pausa no fim da linha geralmente é feita no lugar errado da frase, porque a mancha gráfica retangular, ajustadinha, corresponde a uma necessidade prática do sistema de impressão lá do Gutemberg... não é um código... Aí ele perde todo o sentido da frase. Reescrevi pra que você possa fazer uma pausa no fim da linha e continuar mantendo o sentido. Com isso dá um ritmo de leitura", Estranhei quando comecei a ler, você é testemunha da marmota que é eu lendo, leio tudo nas carreiras, minha mente vai mais rápido e nem dá tempo de ler de verdade as palavras, nem leio, eu vejo a palavra casa, pronto é uma casa, eu não preciso falar o nome pra saber que é casa, "Ler você lê, só não pronuncia as sílabas, os fonemas. Tua mente é mais rápida que o carro que você dirige", Você falando assim, soa como uma coisa boa, mas quase sempre não é, é normal eu me perder na leitura, preciso voltar e dizer, eita, engoli isso aqui, nunca melhorei nesse aspecto, tenho quase quarenta anos e leio pessimamente, aí quando peguei o *Ouro dentro da Cabeça* pra ler, na hora que eu chegava nessas quebras que você decretou, eu era forçado a pausar, mesmo contra minha vontade, era você dizendo pra mim, Beto, respire, pra que a pressa?, vá com calma, aí fui indo, pense numa raiva que tinha no começo, mas aceitei a sua imposição, e fui indo, primeira, segunda, na terceira página, peguei o jeito e fui na tua levada, é claro que vez ou outra eu derrapava, travava, mas insisti até o fim seguindo a tua premissa, ler esse livro meio que doutrinou o ritmo sem ritmo do meu juízo, até que por um tempo melhorei a leitura de outros livros, mas tem jeito não, sou uma desgraça como leitor, "Você tem ouro dentro da cabeça".

XIII – NOVAS EXISTÊNCIAS

"Nem sempre tenho condições de escrever. Tenho que fechar as contas. Parei de escrever minhas coisas pra fazer tradução, fiz várias traduções, uma atrás da outra. Dia desses saiu até uma tradução minha de Kipling: Kim. A edição da Autêntica ficou um luxo. Mas você sabe que tradução é um trabalho exaustivo, e só me submeti a fazer pelo dinheiro, não que eu não goste de traduzir, é que já não tenho idade pra ficar traduzindo páginas e páginas sem fim, só tenho um olho, e tem vez que nem isso. Se o meu tempo fosse tomado só pelo trabalho, seria até bom. Mas você sabe, né, o meu cotidiano é um cotidiano que não é só meu, é de uma comunidade que tem imprevistos, muitos imprevistos. Mas vou escrevendo quando posso".

Tá escrevendo esse novo desde quando?, "Esse faz um tempinho. Vou mandar o que já está pronto pro edital que abriu agora da Petrobrás. Mas sem muita esperança. Esses editais priorizam gente mais jovem. Reina hoje no mundo do livro a mesma mentalidade do mercado financeiro, é investimento, tem que investir a longo prazo".

Ah, olha uma curiosidade, na outra vez você me falou que ia mandar o começo de um livro novo pra Petrobrás sem muita pretensão e, essa semana mesmo, saiu o resultado e você tá na lista, "Não foi? Eu não tinha muita expectativa. Porque até há uns dois anos a Petrobrás dava uma bolsa, quer dizer, ela financiava o sujeito pra ele se dedicar a escrever. E sempre escolhia jovens. Até o prêmio da Funarte, que era dado pra velho também, nos últimos anos alguém inventou de botar uma cláusula restritiva: só pode concorrer quem tenha publicado no máximo dois livros com ISBN", No ritmo que se publica hoje, quase todo mundo fica fora dela, "É. E além disso, tem mais jovens iniciantes do que velhos iniciantes. Não está certo isso, quem precisa de bolsa pra escrever é veínho aposentado pelo INSS", Jovem se vira, tem saúde, "E, em último recurso, têm os pais pra correr, né?", Eu não concordo com a maneira que governo seleciona as pessoas pra essas bolsas, deveria ter algum aspecto econômico ou social envolvido, porque, imagina, alguém que não precise desse dinheiro vai e se inscreve num desses editais, não pela grana, mas pra ter visibilidade, aparecer na PublishNews, Estadão, Página Cinco, "E os selecionados se encaixam nesse perfil aí."

"Essa bolsa da Petrobrás, pelo que eu soube, teve gente que recebeu o dinheiro e não escreveu livro nenhum. E o processo pra recuperar esse dinheiro já sabe, né? Então a Petrobrás não dá mais bolsa, agora é patrocínio. Você tem um ano de prazo, e, na inscrição, tem de entregar vinte ou trinta páginas já prontas. Também tem que anexar um projeto com a sinopse do resto do livro. Aí pensei: se mudaram os critérios de avaliação, talvez eu tenha chance", E não é que a veínha de um olho só virou garota patrocinada pela Petrobrás?, tem até quando pra enviar o livro?, "Novembro. Agora estou nessa luta pra terminar", Dá tempo, falta mais de dois meses, "Deus lhe ouça. É que, ultimamente, vou lhe contar, cada pepino que bate na minha porta. Eu poderia sumir, sabe, passar dois meses escondida escrevendo um livro, relaxando numa praia, as pessoas que resolvessem seus problemas", Mas você não é assim, "É, não sou capaz de esquecer do mundo", Você foge desse perfil clichê de escritor, "Alguém já disse algo assim: o escritor tem que ser egoísta, esquecer o resto", Conheço bem esse papo de escritorzinho mal compreendido que pensa que tem salvo-conduto pra ser filha da puta, "Não sou assim. Nunca fui. Essa não sou eu. Não quero me transformar numa pessoa que só pensa em si só pra conseguir escrever um livro no prazo. Tem muita gente, homens, claro, não é?, que em geral não se dispõem a cuidar de mais ninguém, ao contrário, têm de ter uma mulher que cuide deles... que já ouvi louvar essa disciplina e dedicação exclusiva à literatura como mérito, quando, na verdade, são privilégios... Esse livro não seria meu. Cuido das pessoas primeiro. E com o que resta, escrevo".

Terminou *Outros Cantos*?, "Entreguei antes do prazo", Eu não disse que ia dar tempo?, já começou outro?, "Sim. Mas esse agora é mais difícil de fazer", É aquele de época que você leu uns trechos no Clube do Conto?, "Sim, sim, A *Carta a uma Rainha Louca*. Ano que vem começo pra valer. Coloquei ele no edital do Itaú. Vamos ver se depois do Jabuti, eu tenha mais chance".

"Agora minha vida é essa correria doida pra terminar A *Carta a uma Rainha Louca*, tenho até o fim de maio pra entregar, segundo o contrato com o Itaú Cultural", De novo, lutando contra os prazos, vai sair esse ano?, "Eu tento... está pronto na cabeça, mas passo muito tempo lixando e polindo texto... e de repente vai sair só em dois mil e dezoito. Mas tenho que entregar", Fala um pouco dele.

"Ele se passa no século XVIII. Estou tentando escrever numa linguagem plausível para o século XVIII e legível no século XXI, que é complicado. Muita gente tenta fazer isso, mas de uma maneira adaptada. Por exemplo, tem um livro de Scliar, A *Mulher que Escreveu a Bíblia*, que o truque é um terapeuta de vidas passadas que tem uma cliente que um dia some e ele recebe um manuscrito dela contando que já descobriu toda a sua vida passada: é a mulher que escreveu a Bíblia, só que a mulher escreve reencarnada hoje... então Scliar usou a linguagem de hoje. Eu não acho, pra mim, graça nenhuma em fazer isso. Também tem o contrário, que é o outro extremo que me deixou fascinada, mas que sei que não sou capaz de fazer, que é um livro maravilhoso da Ana Miranda, *Desmundo*. Ela escreve com a linguagem do século XVI, o que se torna ilegível pra grande parte das pessoas que só querem entretenimento sem fazer esforço", Acho meio exagerado, "Eu, curiosa e xereta como sou, adorei! Fiquei fascinada! No meu caso, tentei fazer uma coisa que é pra qualquer leitor, mas que tenha uma verdade textual".

"Minha rotina está sendo essa agora. De manhã, nada de internet, nada de facebook. Fora do ar. É um livro de época, né? Então eu estou agora num ponto que tenho que conferir palavra por palavra. Porque têm palavras que a gente fala no dia a dia e meio que acha que elas estão no português desde sempre, quando vou verificar uma tal palavra, o documento mais antigo que se conhece onde ela aparece escrita não é tão antigo. Se a palavra surgiu em mil novecentos e doze, não posso botar na boca de uma mulher de mil setecentos e noventa", No dicionário etimológico tem, "O Houaiss também, pelo computador é moleza. Quando fico em dúvida, vou lá. Tem a data e os sinônimos. Os sinônimos também verifico, pego cada sinônimo e vejo se ele é mais antigo ou adequado do que a outra palavra", É divertido, mas também é exaustiva a repetição, "Superdivertidíssimo. Pra mim é um jogo. Mas é um jogo trabalhoso", Se não desse trabalho não teria graça, "E faço questão, em tudo que me proponho fazer, de ser rigorosa", E sem nunca perder o vigor.

XIV— PAIXÃO, IMERSÃO, OBSERVAÇÃO E INTERPRETAÇÃO

"Escrever e calcular, me explica, na outra vez que te perguntei, você arrodeou e não falou. Nunca fui atrás de saber o que a ciência fala sobre esse assunto. A neurociência deve explicar como funciona uma mente que faz essas duas coisas ao mesmo tempo. Tem essa coisa de lado esquerdo e direito do cérebro. Queria que alguém me explicasse, mas de jeito bem simples, como funciona a cabeça. Não deve ser tão simples como dizem. Como grandes obras de artes são feitas, até tenho uma ideia, o que uns chamam pomposamente de um momento de epifania, de iluminação: acho que é um encontro de fragmentos de memória que temos e se topam, dão liga, e, ao juntar-se, vão modificando seu sentidos anteriores e criando sentidos novos nessa relação... sei lá... como quando você acha uma peça nova que encaixa num quebra-cabeça... numa montagem de lego... Morro de curiosidade de saber como essas teorias físicas ou matemáticas, tudo teoria maluca, como elas são inventadas. Acho que tem de ser meio artista pra conseguir encontrar uma coisa dessas, suponho que tem sempre uma hipótese como ponto de partida para a verificação, mas hipótese só pode ser obra de imaginação a partir de observações insuficientes, indícios, intuições combinados, não é?".

Posso tá falando besteira, mas acho que tem como ser artista sem ser cientista, e não tem como ser cientista sem ser artista, o fato deles serem vistos e se comportarem tão diferente na sociedade, creio eu ser fruto de uma construção social, a pessoa meio que se sente forçada a escolher um estereótipo, artista pra cá, cientista pra lá, algo meio Ismael e Isaque.

Na minha pesquisa, preciso de muita leitura, quanto mais leio mais experiente fico, "Igual na literatura", E isso aumenta o meu *feeling* pra descobrir um modelo matemático que possa vir representar algum cenário físico, "Na escrita, posso entender esse modelo como a linguagem, estilo, etc.?", É nesse paralelo que quero chegar no fim desse parágrafo, é muita tentativa inútil, muita coisa é jogada no lixo antes de se chegar no que quer, também é importante enfatizar que o processo criativo não se resume a uma pessoa, é uma teia de pesquisadores que vão montando partes de um quebra-cabeça, um quebra-cabeça que nunca vai se completar, "Já li isso em algum lugar", Eu precisei estudar pra entrar nessa teia, que parece mais com ramos de um rizoma que brotam e se dividem aleatórios, cada um com um pedacinho de responsabilidade, antigamente eu queria ser um cientista mundialmente conhecido, hoje não, sei o pedaço do ramo que vivo, tou bem assim, também tem muita questão de sorte de um desses ramos levar a uma grande descoberta, mas deixa eu ir direto ao ponto, "Acho que já sei qual é", Creio eu que ciência e literatura compartilham do mesmo processo, aquele processo que a gente já falou, de escolher quais peças pegar pra montar um quebra-cabeça, uma série de passos, um processo contínuo de observações e interpretações, observações e interpretações, é esse ciclo recorrente que vai conduzir você a um aprofundamento, vai levar a perceber a complexidades, enxergar as muitas variáveis ocultas e as obviedades que até quase agora passaram despercebidas, novas rotas, novas possibilidades, você pode aplicar esse blá blá blá todo pra escrever um romance ou pra bolar um modelo em física não-linear, "A única diferença é que escrever é um processo solitário", Se pensar bem, essa solidão é a soma de outras solidões, "Betinho, adorei sua aula. Não conhecia o seu lado professor".

Tem uma coisa, Valéria, que é de lei eu falar pra quem tá começando a se meter a pesquisar, e digo o mesmo, talvez só com outras palavras, pra quem me pergunta o que precisa pra ser escritor,

"Tem que ter cuidado com o que falar pra quem está começando. Qualquer palavra errada pode estragar. Frustrar ou deixar a pessoa deslumbrada", Então, detesto ser caga-regra, tem um povo no Facebook dizendo como se deve e como não se deve escrever, "Já falei pra você não ligar pra essas coisas", Só existe uma única maneira de extrair e compor algo relevante artística e cientificamente, "Ah, deixa eu falar, professor, eu sei a resposta. Essa resposta está na ponta da minha língua. Você nem era nascido e eu já sabia. Vivi muito tempo no meio do povo e a minha experiência com educação popular me fez ter certeza de que é preciso imergir. E uma vez imersa, observar e interpretar, observar e interpretar, quantas vezes forem necessárias", Certa resposta, e isso não tem quem diga o contrário?, tem que se aprofundar, tem que ficar cutucando o buraco do dente até chegar no nervo, e mesmo sentido, ficar lá aguentando e observando todas as nuances da dor, quem quer se meter a fazer isso, tem que esquecer horário, se é feriado ou fim de semana, falo logo, se não tem paciência pra isso, se não tem saco pra sentar a bunda numa cadeira e ficar o dia inteiro numas vinte páginas de cálculos que na maioria das vezes não servem pra nada, se não tem paciência pra sentar a bunda numa cadeira e ficar um dia inteiro tentando remoer um ou dois parágrafos, se, por acaso, acha que fazer isso é perda de tempo, ou só faz por obrigação, sinceramente torço pra que depois de um tempo a pessoa comece a gostar da coisa, porque senão, meu chapa, é melhor desistir, paixão, quem tem paixão não quer largar o nervo por dor nenhuma, quer cavar cavar cavar, quem tem paixão tem instinto de sobra pra saber que o ouro que ele procura é lá no fundo, "Todo mundo tem ouro dentro da cabeça, é só procurar", É essa a palavra mesmo, Valéria, você foi cirúrgica, imergir.

XV – DA MENTE PRO PAPEL

Bora voltar pra *Vasto Mundo* de novo, noventa e nove, ou perto disso, por que você demorou tanto pra tentar publicar esse livro?, você escreveu ele em quanto tempo?, por que você quis publicar?, você tava chegando aos sessenta, o que levou você a pensar, é agora, é agora que vou publicar esse livro?, eita, te enchi de pergunta, "Não foi assim e aí é que está... Não comecei agora a escrever ficção com *Vasto Mundo*. A minha vida toda falei ficção e escrevi ficção. Toda vida, desde de antes dos trinta anos, quando eu decidi que ia me dedicar à educação popular. Nessa idade, tive uma forte influência freiriana, trabalhei com Paulo Freire, fui fazer um longo estágio com ele lá no Chile, quando ele já estava exilado por lá".

Trinta anos é metade de sessenta, "Trinta anos, decidi, era isso o que queria fazer. E foi isso que fiz. E qual foi o meu modo de fazer? Não só eu, muita gente seguiu uma premissa simples: o conhecimento vem da reflexão sobre a prática. A sua experiência, o seu vivido, o que você observa do mundo é o ponto de partida. E o papel do educador popular é promover uma reflexão crítica que vai dando a ele mesmo e ao que dialoga com ele a interpretação de um mundo visto, sentido e vivido, da experiência vivida, dos chavões dos condicionamentos ideológicos culturais pra começar a fazer uma leitura crítica, e é aí que você, na medida em que cabe, vai trazendo o aporte das teorias, das ciências, pra começar a ajudar a aprofundar. Ora, essa compreensão, essa metodologia, ela implica em narrar a experiência e, muitas vezes, a experiência que eu ouvi aqui, eu narrava lá, como ponto de partida pra suscitar outras narrativas", Você está reforçando o que a gente conversou no capítulo anterior, "Isso. Mas bate certinho. Eu não narrava, eu renarrava. Pegava o que foi narrado por alguém, o que foi absorvido por mim e o transformava numa história a ser de novo contada. E essa suscitava a leitura e uma nova narrativa de outra pessoa. Isso é exatamente o mesmo processo da produção da ficção, pelo menos aquele processo no qual me encaixo. É reorganizar e transformar o que se percebe num texto que tem em si uma influência, que tem uma puxada, que tem uma levada, que conduz o auditor, o leitor a pensar de novo", E nessas narrativas, colocar o toque de quem escreve, "Claro, não é um mero relatório de uma história ouvida, não é a reprodução do caso, não é contar uma piada, é reescrever de maneira reorganizada e transfigurada pra suscitar alguma coisa de semelhante no outro".

É louco esse processo, fazer algo pra convencer que foi feito por outro, mas, por outro lado, de alguma maneira deixar também claro que essa narrativa é sua, meio dar com uma mão e pegar com a outra, algo como, olha só, pessoal, vejam como consigo com maestria não ser eu, estão me vendo fazendo isso?, consigo não ser eu sem nunca deixar de ser, esquizofrenia total, por isso que escrever nunca vai ser uma mera transcrição, esse papel amalucado do ego é o que torna o que a gente escreve algo bem distante de um relatório sem paixão.

"Fui transplantada de mundo em mundo. Vivi na Europa um ano, na Argélia alguns meses. Estados Unidos. América Central. Nos primeiros anos da ditadura, vaguei pelo mundo, fui obrigada. E o trabalho de educação popular me fez andar mais. Conheço o mundo inteiro, sem pagar uma passagem, sempre chamada pra trabalhar. E não era pra fazer palestra num seminário e voltar pra casa", Com um certificado de participação pra colocar no curriculum artes, "O convite era: vem pra cá, vem se meter durante meses dentro de uma comunidade, aprende com eles pra depois poder ensinar", Imergir, "Imergir sem saber o que encontrar. Muitas vezes dei de cara com o espantoso, muitas vezes me espantei profundamente diante de mentalidades, desejos, sentimentos, ações, costumes. E o que eu fazia? Uma coisa bem simples. Apenas fazia o esforço de me pôr no lugar deles pra compreender por que agiam assim", A gente já falou meio sobre isso, de como o escritor encara o mundo e de como sua mente transpõe sua visão pro papel, "E era isso que eu procurava fazer. Ia pro meu canto, tentava escrever um conto, uma história, uma narrativa que reproduzia a novidade que eu tinha acabado de presenciar. Você percebe que já nesse momento, mesmo que num mero exercício de tentativa de compreensão, eu já escrevia?", Perfeitamente.

"Eu sempre escrevi. Eu sempre escrevi narrativas".

XVI – ESCRITA NO GEN

Isso não é uma biografia, "É claro que não é", Mas é legal ver como as tuas experiências durante a vida contribuíram pra você se tornar a grande escritora de hoje.

"Já passei por poucas e boas que nem te falo. Sem nenhum tostão, só vivendo da caridade popular. Teve um tempo que eu construía pífanos de taboca, decorava com pirógrafo, eu passava pra uma amiga que tinha uma loja de artesanato em Recife, ela vendia aqui por alto preço. Até os presentes de aniversário. Eu pegava uma historinha daquelas minhas, arrumava como um conto, desenhava uma capinha, batia à máquina e dava de presente de aniversário".

"Ah, agora sou eu que digo, olha a gente voltando de novo pra *Vasto Mundo*. Por que foi assim que um dia, um pouco antes de noventa e nove... Eu estava indo pra São Paulo. Um pouco antes, eu tinha dado pra minha mãe, que estava aqui, um conto como presente. Ela adorou aquilo e disse: leva pros seus irmãos, seus irmãos vão adorar. Aí botei esse conto num disquete pra levar pra São Paulo. Só quando cheguei lá foi que me lembrei que ia me encontrar com Frei Beto, e era aniversário dele", Já vi tudo, "Falei, putz. Aí peguei o continho, imprimi e dei pra ele. Dei e esqueci desse fato. Três anos depois me liga um editor lá do Rio dizendo que estava com uma história minha, que ele e todos os outros editores da casa tinham ficado surpresos porque tinham gostado muito e estavam curiosos por nunca terem ouvido falar de mim: isso não é coisa de principiante, mande tudo o que você tem. Fui catar minhas histórias escritas no papel de seda, com papel carbono, na máquina de escrever, dobradas, algumas dobradas dentro de livro, dentro de dicionário, dentro de pasta. Juntei aqueles que tinha alguma unidade e o resto você já sabe".

"Quando saiu o *Vasto Mundo*, foi como se abrisse um bauzinho na minha cabeça. E aquele departamento criador de ficção, que estava escondido, começou a funcionar muito mais. Era como se fosse uma maquineta que você deixou de lado e ela se enferrujou. Como se ela tivesse desemperrado e começasse a criar histórias e mais histórias", Comigo aconteceu coisa parecida, só quando terminei o doutorado que arranquei na escrita, não sei se foi coincidência, talvez o sentimento de dever cumprido inconscientemente, sei lá.

Você disse que catou as histórias em todos os lugares, até ali você já tinha pensando em publicar o livro por conta própria ou mandar pra alguma editora?, "Jamais, o livro nem estava pronto quando aconteceu tudo isso", Foi um ponto de virada, você foi pega de surpresa, mas você não acha que se *Vasto Mundo* não tivesse caído nas mãos certas, uma hora ou outra, inevitavelmente alguém descobriria esse material?, "Não posso ter certeza de nada, mas se fosse depender de mim, provável que não. Ah, esse ano, lá em Santos, na Tarrafa Literária, teve gente que ficou até escandalizada quando falei que a literatura na minha vida veio como uma sobremesa".

Mas publicar livro, não de literatura, você já tinha publicado, "Sim, não só publicar, escrever, escrevo desde cedo. E publicar, antes de *Vasto Mundo* mesmo, eu tinha acabado de publicar minha dissertação de mestrado. Antes dele, outros", Tudo bem, você me diz que a vida inteira escreveu textos de ficção, ainda não consigo entender a tua falta de interesse em querer publicar, "Isso pra mim não era prioridade, eu tinha mais coisas urgentes pra fazer do que fazer literatura", Pronto, agora respondeu.

"Escrevi minha vida toda. Nasci numa família de escritores, todo mundo escrevia, do lado da minha mãe, do lado do meu pai. Era a coisa mais corriqueira. Ah, já chegou o livro do tio José, que era o meu tio-bisavô. Convivi muito com esse meu tio-bisavô, que era redator do Senado, vivia no Rio de Janeiro, era funcionário público daquele tempo. Ele escrevia peças de teatro, contos e romances e publicava pela gráfica do Senado", Você foi privilegiadíssima, "E tenho consciência disso. E nem terminei de falar. A família do meu pai em Santos, aí é que era mesmo uma família dos escritores. A minha avó era sobrinha do Vicente de Carvalho, outro meu tio-bisavô, os filhos dele escreviam, minha tia escrevia, todo mundo escrevia. A casa vivia cheia de escritores. Cresci com a ideia de que escrever um livro era uma coisa que todo mundo um dia, se quisesse, poderia escrever. Pra mim, escritor nunca teve essa aura de um ser genial, inspirado, fora do comum. Pra mim, é o mais comum e corriqueiro. Até os onze, doze anos, eu ia ser escritora, melhor, eu era escritora. Escrevia minhas coisas, ilustrava, fazia edições de quatro ou cinco exemplares e distribuía pela família. O pessoal levava a sério: ah, já leu o último livro da Valéria? Pronto. Até que na adolescência me portei como uma adolescente, eu não queria mais ser o que a família previa que eu fosse. Todo mundo me considerava a escritora da nova geração. E naquele pensamento de adolescente, disse não: não vou ser a mais nova escritora da família, eu quero é correr mundo. Parei de mostrar a eles, mas nunca deixei de escrever".

XVII – QUALQUER MUNDO AO LÉU

Valéria, invejo a tua vasta experiência de vida, e dentro dessa tua experiência, a bagagem que você tem em literatura é admirável, você leu tudo o que quis, teve incontáveis escritores na família, estudou em boas escolas, pôde conhecer o mundo de perto, aí, até sem querer, fico aqui comparando tudo isso com a vida que tive, "Sim, com certeza, tenho consciência que fui muito favorecida. A maioria da população não teve uma educação completa. Quase nenhuma. Não precisa ir longe pra achar quem nem teve a alimentação correta, nem mesmo as vitaminas necessárias pra ajudar no crescimento", É no meio desse povo que eu me encaixo, minha família era bem pobre, eu, meus irmãos, a gente estudava em escola estadual que quando tinha enchente nem completava o ano, meus pais faziam o que podiam, meu pai, vendedor ambulante, nem quarta série estudou, minha mãe parou na segunda série, "E sabe de uma coisa, tem muito escritor da bolha Rio-São Paulo que nunca viu outra realidade senão a dele mesmo. Eu tive chance de ver de perto um monte delas, me identificar com elas, mas tem gente que", Pois, bem distante da minha realidade, na infância a minha relação com os livros era de caça ao tesouro, livro pra mim era coisa rara, acredite se quiser, quando eu tinha uns oito, nove anos, eu torcia pra chegar os sábados, nos sábados vinham as testemunhas de Jeová, nem precisavam bater, eu já tava lá esperando, a nova edição da revista *A Sentinela*. "O pouco que você teve serviu. Quem tem muito não dá valor ao que tem".

Valéria, o que você falaria pra um rapaz de dezessete, dezoito anos que teve e talvez ainda tenha uma realidade como a minha, uma pessoa que mora num bairro afastado, sem acesso à cultura, livros, vive lá, e nunca saiu de lá, não tem dinheiro pra viajar, não conhece os livros dos escritores incensados do momento, só lê os livros que lhe caem nas mãos, "Manda ele vir aqui que eu tenho uma conversa com ele", E esse jovem quer ir além, ele não quer ficar só nessa posição de leitor, ele também sonha, mas sonha tipo como uma quimera pra não ficar obcecado com isso, mas conserva uma esperança, até se imagina, um escritor lido e conhecido, conhecido pelo menos em sua cidade, talvez no seu estado, ou, por que não?, conhecido no Brasil inteiro, "Ele pode", Esse jovem nunca para de sonhar, mas tem o pé no chão, tem um choque de realidade toda vez que se compara com aqueles escritores bem vestidos, com fotos cheias de vinhetas em poses sérias de escritor em sites, revistas e televisão, é, bicho, ele deve pensar, relaxa e desencana, não dá pra ganhar uma corrida que tu já perdeu antes mesmo do tiro de largada.

"O que nos diferencia são as nossas relações com o contexto natural e social onde nós estamos. No final, é tudo igual. Se esse cara aí perceber isso e souber usar ao seu favor. Ele acha que não pode viajar? Como não pode viajar? Que ele viaje por seu bairro. O bairro dele é um vasto mundo", É, antes mesmo de querer ser escritor, fiz minhas viagens por Tibiri, os loteamentos, os canaviais, plantações de abacaxi imensas, o leprosário abandonado, verdadeiras odisseias a pé, em bicicletas enferrujadas alugadas, a gente deitava no fim da pista do aeroporto só pra esperar o avião decolar e ter a sensação de quase atropelar a gente, "Sensações. Até no trabalho, ó. Por exemplo, a menina ou o menino que vai nas casas atrás de criadouros de mosquito da dengue, se tiver uma sensibilidade e olho de observador, meu Deus, está recolhendo matéria literária pro resto da vida. Entrando nas casas das pessoas, sempre sai uma conversa qualquer. Se vier aqui em casa pode perguntar: por que plantaram macaxeira junto da rosa?", De novo o mantra, observação e interpretação, catar uma semente pra talvez poder brotar alguma frase, cena, metáfora, sei lá, um dia ele acha o jeito de botar isso num texto, "Esse menino entra numa casa e faz o comentário: que quadro bonito esse na parede, foi a senhora que pintou? Não, fui eu não, mas quando eu era criança eu pintava. E parou por quê? Uma professora disse que o meus desenhos eram péssimos, que eu não sabia usar a régua, não sabia usar o compasso, que o meu sol nunca ficava redondo como o sol do livro... Estou inventando qualquer besteira só pra te dizer o seguinte: não existe isso de não poder ser escritor pelo fato de nunca ter viajado. Faz assim, dá pra esse jovem ler o meu *Quarenta Dias*, que é a descoberta de mundo e mais mundos, você viaja, tem mil viagens a fazer", *Quarenta Dias* é uma odisseia, "A pé, ao léu. Numa pequena parte de uma cidade. Qualquer léu é um mundo. Tem que absorver o mundo pelos cinco sentidos. E também ter uma sensibilidade interna, um sentimento de si mesmo", É extrair o mundo pra você, "Mas tem que juntar as duas coisas. O que interessa é esse encontro. Se você ficar só falando do mundo, você faz aquele tipo de literatura relatório, jornalístico, sem densidade subjetiva do narrador e do personagem. Por outro lado, entrar nessa de ficar arrodeando nesse mar de subjetividade e ignorar a existência do seu entorno, isso é um saco. Solipsismo. Já li livros que são verdadeiras obras de solipsismo. Ler uma vez é engraçado, é interessante. Três, quatro, cinco, seis, dez, enche o saco".

XVIII– ALÉM DOS SOLIPSISMOS

Valéria, quase agora você falou, e não é a primeira vez que toca nesse assunto, que você não gosta de textos que se reduzem a solipsismos sem fim, aí é que tá, toda vez que você fala isso, eu fico meio com a pulga atrás da orelha, pego um texto que escrevi faz um tempo, ou mesmo um texto novo, releio e fico duvidoso, fico me perguntando, será que esse texto é só um exercício vazio de circunlóquios?, "Não acho. Quem dera que muitos escritores, daqueles que andam nas rodas, nas ruas Augustas da vida, tivessem vivido o que você viveu. Você teve uma oportunidade única, foi esperto, absorveu tudo o que apareceu e trouxe pra agora usar na tua escrita. Muitos não conseguem vivenciar o que está além de meio metro do seu umbigo. E quero deixar claro uma coisa, não vejo problema se os textos tiverem seus momentos de solipsismo, me aborrece é quando o texto é só isso. Como recurso, tudo é válido", É, quero acreditar que não seja só isso, porque o que me proponho quando abordo certos dilemas existenciais dos meus personagens é mostrar de alguma maneira que esses dilemas são consequentes de fatores externos, e não uma realidade fechada e por si só completa, esse personagem, esse narrador, apesar de estar em mim, não sou eu; é só sombra na parede da caverna, e escrever é projetar essa sombra no papel, pra mim, literatura não é só projeção da realidade, literatura é projeção da mente, "Se você é desse jeito, o que você escreve vai ser o resultado de uma dinâmica, de uma dialética, de uma interação constante e inconstante entre você e o mundo. O Ortega y Gasset diz: o homem é o homem e suas circunstâncias. Eu gosto da literatura que brota daí".

"E que esse jovem escritor fuja dessas armadilhas".

Armadilha, pense num negócio que a gente, quando dá fé, dá de cara com uma.

"Um outro conselho que dou pra esse rapaz. Ler. Ler. E ler. Leia outros escritores. E não queira ler pra saber o que é que está na moda, nem queira ler porque foi elogiado pela crítica não sei de onde ou porque tem um blog com vinte e dois mil seguidores que disse que você tem que ler. Não use esses critérios externos. Pegue os livros, vá pra biblioteca, seja qual for, e leia um livro atrás do outro. Tudo que cair na sua mão, sem se importar se presta ou não presta, apenas leia. Leia livrinho de banca de jornal. Leia Harry Potter. Leia Machado. Leia Agatha Christie. Leia *Pollyanna*. Leia *Pollyanna moça*. Leia o que for", Leia o bairro em que mora, "Leia o mundo e leia a si próprio no mundo. Não tem melhor maneira de se conhecer do que se confrontar. Essa nossa conversa mesmo, Beto, quando você me pergunta uma coisa, você faz com que eu me aprofunde nos meus pensamentos, que eu veja de um ângulo que nunca vi, tudo por causa de uma simples pergunta ou um simples comentário suscitado por você. Quem escreve tem que atentar a todas essas oportunidades. Aprendendo isso, é só passar pro papel.", E torcer pra não ser devorado pelos dragões.

XIX – APANHANDO O MUNDO COM A MÃO

Você não vive só de romances, livros de contos, livros juvenis, infantis, livros de haikais, uma vez você me falou que seu foco principal são os romances, mas fico curioso pra saber como você processa isso na mente, "Na verdade, eu não escrevo, só teve um ou outro que escrevi pensando assim, pra ser infantil ou pra ser juvenil. Em geral, escrevo porque deu vontade de escrever aquilo. A decisão de qual público é o mais adequado vem só num segundo momento. Muitas vezes vem de um diálogo com o editor. Quer ver uma coisa? Os meus livros infantis mesmo. Têm três ou quatro infanto-juvenis que são de haikais, ou de poemetos de três linhas. E fazer haikai é minha terapia, não faço pensando em botar em livro. Vou só fazendo, se juntar tudo, já tem mais de mil", Mas mesmo sem uma pretensão inicial, em algum momento vai servir pra algum livro, "Isso sim. Aí alguém me pede, faz um livro assim, Valéria. Como tenho os haikais, e haikai não tem idade... Quer um livro infantil? Vou lá e seleciono. Tem um livro que só tive o trabalho de fazer uns novos pra que todos os haikais tivessem uma ligação, um encadeando no outro, o último verso de um é o primeiro verso do seguinte. O livro é *No Risco do Caracol*, meu primeiro jabutizinho".

E os contos?, "Comecei a fazer muito conto estimulada pelo Clube do Conto. O conto feito pro Clube não pode ser muito longo. Depois de ler lá, chego em casa e vejo se ele pode ser mais desenvolvido, mas guardo do jeito que está", Eu tenho um monte também, você deve ter um arquivo enorme, "Guardo, tem um baú de contos e, de vez em quando, vou lá catar. Pego um e digo: esse pode ser juvenil praquele livro juvenil que me pediram. E por aí vai. Esse livro novo mesmo, quase todos os contos saíram desse baú. Fruto do Clube do

Conto", Qual o título?, "*Vampiros e Outros Sustos*. Está pra sair", Mas esse não é o teu primeiro livro de contos, "Livro de contos além desse só mais um", *O Modo de Apanhar Pássaros à Mão*, "É de antes do Clube do Conto. Fiz esse livro meio como uma reação".

"Quando saiu *Vasto Mundo*, em alguns comentários me xingavam de regionalista", Você acha ser chamada de regionalista um xingamento?, "Não tem como não soar diferente. O pessoal tem essa mania. Se alguém escreve sobre uma favela do Rio de Janeiro, não é bairrista nem regionalista nem nada, rotulam de literatura urbana, literatura urbana ou carioca, nunca regionalismo. Agora se é do Nordeste ou do Mato Grosso do Sul ou não sei de onde, o livro pode se passar no Centro da capital do estado, não é urbano, vira regionalista", É bem comum quando fazem resenha de um livro de alguém fora do eixo realçarem aspectos pra caracterizar esse livro como regionalista, tipo, falam do sotaque, de palavras ou tradição locais, ou mesmo as gírias, "E acaba reproduzindo o pensamento de sempre. Se você fundar aqui no bairro a Associação Nacional do Dominó de Esquina, todo mundo vai rir, agora se ele for fundado em São Paulo ou no Rio de Janeiro, ele é nacional", Leio cada absurdo em certos comentários de escritores, essa mentalidade distorcida deve estar tão impregnada, porque eles falam de uma forma, parece a coisa mais natural do mundo.

Mas fala do livro, "Aí eu falei, quer saber, vou fazer um livro mostruário pra que eu possa escrever sobre várias coisas do modo que eu quiser. Se você pegar *O Modo de Apanhar Pássaros à Mão*, é um mostruário de diferentes técnicas e diferentes temáticas. Não tem unidade. O título já diz tudo. Roubei do Lunário Perpétuo. Achei tão lindo. Pus como título do livro porque o livro é isso, apanhar contos à mão, como se tivesse apanhando pássaros. Qualquer assunto e qualquer modelo de pássaro. Posso fazer meu conto da maneira que eu quiser. É uma espécie de mostruário. No fundo, eu queria dizer, olha, sou capaz de escrever outras coisas do jeito que eu quiser e pronto".

XX – FORMAÇÃO DE ESCRITORES

Eita, nunca te perguntei se você já fez, digo, montou ou pelo menos já pensou em montar alguma oficina literária, "Está na moda agora, né, chamar um pessoal e determinar um valor pra oficina. Investimento, como dizem. Isso dá uma boa grana se somar todo mundo e se encher. Nunca fiz, mas não critico. Seria uma boa maneira de ganhar a vida, mas não tenho tempo. Mas olha, faço eventualmente oficinas em escolas, pra grupos de professores. Tenho feito oficina de haikai e de conto. Coisa curta, sem muita pretensão. Mas nada pra escritor, me preocupo mais com a formações de leitores. Oficina pra escritor, realmente, nunca pensei pra valer, mas acho que eu saberia fazer. Essa minha oficina teria uma metodologia própria".

Sabe, oficinas podem ser legais quando se vai no pensamento, tipo, eu tenho segurança sobre como e por que escrevo, mas não tem nada demais eu ir numa oficina observar outras visões, expandir universos, quem sabe, "Sem dúvida", Agora se alguém vai meio como se fosse encontrar lá um santo graal, é uma oficina de um escritor premiado, é claro que vou, quem sabe se eu conviver umas horinhas com esse grande escritor, eu absorva por osmose alguma coisa que vá me servir, tipo, Valéria, aquela coisa da bíblia, toquei nos vestidos do Senhor, "Você diz isso, Betinho, mas noutro dia mesmo você falou que quando era jovenzinho escrevia sem nem saber o motivo. Cachorro sem dono, não foi essa a comparação?", Ixi, verdade, viu?, você tem razão, pensando bem, se eu voltasse no tempo agora, e visse um cartaz de uma oficina, nem queria saber quem era o dito cujo, seria o primeiro a chegar, na fé mesmo, desesperado, cachorrinho com a língua pra fora, sou cão sem dono, quem quer me adotar?

"Olha, uma coisa que já fiz muito, e de graça, não profissionalmente como muita gente faz, foi ler e conversar com jovens sobre os textos deles. Fico com pena porque, até por conta da idade e da vista reduzida, não dá mais pra fazer isso como antes. Adoro ler os originais dos amigos pra dar pitaco", Bora montar uma microempresa, eu ajudo, eu fico na parte comercial, fazer uma tabela com valores dos pitacos, porque tem pitacos e pitacos, "Você brinca, mas isso virou até profissão, se chama coaching literário. Tem gente que vive disso, cobra, faz propaganda, a ideia da tabela não é novidade não, Beto. Eu seria capaz de fazer, da minha maneira muito intuitiva, mas faria".

Eu pagaria uma boa nota com toda satisfação pra ouvir uma dúzia dos seus conselhos, ainda bem que tenho de graça, "Ah, por falar em conselho. Outro dia escrevi aqui alguns pro rapazote que queria começar a escrever, não foi?", Isso, "Me enrolei toda que terminei esquecendo um imprescindível. É um conselho que vai fazer quase todo mundo me execrar quando ler, pois o senso comum é exatamente o contrário", E qual é?, deixe de suspense, "Não leia nada de teoria da literatura antes de começar a escrever. Aliás, acho que não é verdade que nunca passei por uma oficina de escrita literária pra valer. Afinal, o nosso Clube do Conto é exatamente isso, anos e anos, toda semana, uma oficina de escrita literária em que todos somos discípulos e mestres uns dos outros! E grátis!"

"Mas voltando à questão da teoria literária como caminho pra se tornar escritor... Eu, dos cinco aos treze, catorze anos, estudei balé. E então sei como é, conheço bem esse mundo, algumas das minhas colegas até se tornaram profissionais em balés da Europa. Por que estou falando de balé? Explico. Imagina se essas moças fossem obrigadas, como pré-requisito pra estudar balé, estudar anatomia e toda a classe de patologias que são consequentes do ofício de bailaria", Imagina, "Ninguém ia ser esportista ou bailarino, é um negócio muito doido", Por coincidência, semana passada mesmo vi uma entrevista com Hortência, do basquete, ela falou que quando se aposentou foi estudar Educação Física, ela disse que se tivesse visto o que viu durante o curso na época que tinha dezesseis, dezessete anos, nunca teria feito o que fez, ela falou algo do tipo, pra pegar o rebote eu pulava como se fosse voar, nunca me precavi das quedas que eram bem frequentes, meio segundo, um centésimo de segundo faz diferença no basquete, e esse seria o tempo que eu levaria pra pensar em como pular pra voltar pro chão em segurança, se eu tivesse feito isso, não teria metade dos problemas dos ossos e articulações que tenho e, pensando bem, eu não estaria dando essa entrevista, porque a Hortência que vocês conhecem pensava ser inquebrável, "Quer dizer, não dá bem pra calcular o preço que você vai pagar se você decide ter uma vida dedicada a seja o que for. Se você for querer se proteger do erro, lascou. O medo do fracasso, o medo do erro, paralisa. Só tem um jeito de ter certeza que não vai errar, em algum momento você falou que não existe perfeição, então toda tentativa leva a algum erro. Só não erra quem não faz nada", Verdade, os metidos a perfeitos, os que mais criticam, são os que menos fazem, comigo, sempre foi, e sempre vai ser na tentativa e erro, escrever, escrever e escrever, "Você me fez lembrar do Clube do Conto, é importante que a gente converse sobre ele", Já já, o piloto aqui tá deixando o melhor pro final.

XXI – DA MEMÓRIA E SEUS ARDIS

Deixa eu reforçar pra quem está lendo essa transcrição, nunca é demais repetir que isso não é uma biografia, "Isso, repita", Mas é claro que não dá pra falar sobre alguém, sem pescar fatos de sua vida, "Não venha com ardilezas", Sério, falo por mim, principalmente nesse papo sobre escrita, você mesmo falou, que tudo que se escreve é substrato do que foi vivido, "Em todos os sentidos", Pois, é por isso que nesse capítulo eu queria falar sobre a memória, não memórias no plural, "É no singular mesmo. O que fica gravado depois de anos de anos de anos é um imenso contínuo de imagens que não dá pra falar no plural", Quando a gente fala no singular, dá a entender que está se referindo a uma unidade, uma que a gente pode medir, mas o singular a gente pode usar também pra se referir ao imensurável, o oceano, o universo.

Pedras sobre lava, a gente quer acreditar que esse quadro não se corrompe, falando por mim, eu tou quase com quarenta anos, e meio que quando olho pra trás pra pontuar certas coisas que aconteceram quando eu tinha dezoito, tento puxar os fatos, e vem muita dúvida, não dá pra ter certeza se o que eu me lembro realmente aconteceu ou a minha mente distorceu tudo, tem coisa que não lembro mais de nada, sabe aquela sensação de quando a gente vê um filme que viu faz tempo?, "As poucas autobiografias que leio de gente que conheço, tudo está cheio de erro", Seria erro a palavra certa?

"Eu mesmo tenho uns lapsos de memória incríveis. Tem uma senhora que participou comigo no processo de publicação das cartas da prisão do Frei Beto em setenta e dois, de quem publicaram uma biografia, e contém um depoimento dela em que citou, meio por cima, um episódio que me envolvia. Segundo minha própria memória lá está tudo ao contrário do que aconteceu", Quem inverteu?, a mente enganou quem?, ela ou você?, "Fui na internet procurar esse livro e está com data de publicação em setenta e um. É uma loucura isso, porque, na minha memória, tenho certeza absoluta de que levei essas cartas para a Itália em janeiro de 1972, e ela encaminhou a publicação, meu passaporte confirma, eu vejo a cena, eu vejo a cara, vejo tudo", E quem disse que dá pra confiar na mente?, é esse o ponto, a danada da memória, será que aí dentro da tua cabeça a mente não reconfigurou os fatos e você não percebeu a mudança?, veja bem que não tou afirmando, só, "Mas só pode ser na data certa, não pode ser outra data porque, é simples, até eu posso estar enganada, mas veja o meu passaporte. O meu passaporte não mente. Que esquisitice", Dizem que manter um diário, "Tenho agendas minhas desde os anos setenta. Tati vai catalogar, não tim-tim por tim-tim, mas só uns detalhes do tipo, onde eu estava no ano tal, as viagens que fiz pra eu poder me situar. Não consigo mais lembrar das datas. Minha autobiografia, vixi, não que eu queira fazer uma autobiografia, mas se eu fizesse, seria tudo mentira", Mas não acho que a falta de exatidão das datas vá fazer muita diferença não, a essência da tua vida independe de calendário.

"Ah, menino, deixa eu te dar um exemplo excelente. Tenho certeza que você vai gostar", Eita, "Meus primos mineiros diziam que eu era muito mentirosa. Desde pequena, eles diziam: chegou a mentirosa. A minha vó respondia do outro lado: ela não é mentirosa, ela é inventadeira de moda. Até eu começar a escrever, virei escritora e pararam com isso. Antes disso, eu tinha que aguentar os meus primos. Eles diziam: essa daí inventa até que montou no lombo da Moby Dick. Beto, você tem certeza que nunca te contei essa história?", Não, ou não lembro, "Eu respondia: vocês ficam inventando essas coisas só pra me chatear.", No Lombo da Moby

Dick, isso daria um bom título de capítulo pra tua autobiografia, "Te aquieta. Aí, no ano passado, veja só, setenta anos depois, a minha madrinha, que está com noventa e três anos, me manda pelos correios uma fotografiazinha, daquelas assim de seis por seis de Kodak caixotinho", Já vi tudo, já sabe que vou botar essa foto aqui, né?, "Está guardada lá, depois eu acho", Vou cobrar, "Na foto, uma baleia encalhada na praia, eu de vestidinho branco e lacinho", Ah, eu quero essa foto, Valéria, "Lacinho, três, quatro anos, em pé em cima da baleia, o meu avô de terno e gravata aparando assim pra eu não escorregar lá de cima. Provavelmente algum adulto contou pra mim um resumo do livro de Moby Dick. Então, Moby Dick pra mim ficou sendo o nome da baleia preta encalhada", E você não lembrava de nada?, "Nada. Ah, eu soube também que essa baleia, o esqueleto dela, está lá no Museu de Pesca de Santos. Está lá pra comprovar que não sou mentirosa. Foi tudo verdade. Então, o que é verdade e mentira do ponto de vista biográfico? Entendeu?", Quase uma autoficção, "Toda autobiografia é autoficção", Até um dia desses eu dizia pra todo mundo que era alérgico a abacaxi quando eu era pirralho, "E não era", Mamãe falou que não, mas até hoje fico receoso na hora de comer, "Você muda com o tempo a percepção das coisas", A gente se engana em querer acreditar na memória, bilhões de informações flutuando aqui na cabeça, nem sei se já inventaram um disco rígido que seja capaz de guardar tanta informação que a gente carrega no juízo, "Um dia vão inventar uma engenhoca que vai conseguir passar tudo da cabeça da gente pra um computador. Todo dia na hora de dormir, a gente vai lá, e guarda no arquivo", Até lá...

XXII – UMA VIDA DE LEITURA

"Da minha vida de leitura, disso me lembro bem. Eu, com sete anos de idade, levava embaixo do braço cinco livros fininhos. Aos vinte, sete calhamaços".

"Teve um tempo que eu viajava muito, mas muito mesmo. Vivia com o pé na lama lá no meu povoado, e outro pé no carpete do avião. Eu saía de Pilõezinhos e ia pra, sei lá, pra Paris. Voltava, e depois já estava indo para o Peru. Voltava, ia pro Haiti. E era muito barato comprar pocket book americano na livraria do aeroporto. De papel jornal, levinho de carregar".

Quando eu tinha uns doze, treze anos, eu comecei a ir no Sebo, o sebo de Heriberto, não sei hoje, mas antigamente eles botavam num cesto na entrada, quase tudo porcaria, quem quisesse podia levar de graça, o que sobrava o catador de papelão levava, lista telefônica, livro técnico, livro sem capa, tinha muito livro de papel jornal em inglês, eu até levava uns pra casa e ficava tentando traduzir palavra por palavra no dicionário, o que tinha muito era livro faltando pedaço, os sem final eu nem olhava, mas já li muito romance começando da página cem, era luxo demais pra mim, era de graça, tava ali pra eu levar, eu pegava tudinho, às vezes acho que todos os meus romances parecem coisas já começadas, sem introdução, me acostumei com esses livros, era como pegar um filme no meio, e tinha vez que nem o autor do livro eu ficava sabendo quem era, "Nunca tive a preocupação de classificar na minha cabeça quem é que é importante, quem é que não é importante. Só sei assim, li e gostei, li e não gostei. Eu comprava, não pelo autor, comprava pela grossura da lombada do livro pra ter bastante coisa pra ler. Já me aconteceu assim de, de repente, um autor do nada ficar na moda, um autor que desenterraram do passado e todo mundo começa a querer falar dele, se apressam em fazer novas traduções. Aí eu digo: nossa, nunca li esse cara, vou ler. Aí na hora que entro na livraria e começo a ler o primeiro capítulo, me bate a impressão: eita, isso aqui já li".

"Só que sempre li tudo até o fim. Agora, sim, abandono livro chato no meio do caminho. Sou de uma família de grandes leitores. Tinha biblioteca em todas as casas da minha família. Meu pai dizia que a gente podia ler o que quisesse, sem proibição de nada, estava tudo lá e tinha de tudo. Compêndios de medicina. Livros de Ciência em geral. Filosofia, em geral, desde os gregos até hoje. A *Suma Teológica* em oito volumes. Em tudo quanto é língua. Romance. Poesia. Quando meu pai me via pegando certo livro, dizia: você não vai gostar disso aí, vai ser difícil pra você ler, você vai achar chato, não está na hora de você ler isso aí, mas se você quiser, vá em frente, leia, só que, se pegar pra ler, vai ler até o fim", Malvadeza, e você teimosa, "É proibido abandonar o livro no meio, meu pai dizia, não ouviu o conselho, agora vá até o fim. E isso ficou uma coisa marcadíssima!!!", Valéria, que bonita a expressão no teu rosto na hora que você tava falando, peguei no ar as exclamações que saltaram da tua voz e joguei no texto, "E agora que estou velhinha, com um olho cego, tenho que escolher: ou leio, ou escrevo. Sei que vai chegar a hora que não vou poder mais escrever, então vou ler tudo que está atrasado. Reler, sobretudo, né? Tenho muita vontade de reler certos livros, reler mais do que ler".

"Decidi ler o que está sendo escrito e publicado agora pelos jovens. Na verdade, eu só estou lendo coisas novas. Fui reler coisas e fiquei desmotivada, já conhecia aquilo tudo. Então, fiquei com os jovens, quero novos puzzles", Ah, olha que massa, no parágrafo anterior a gente tava em dois mil quinze, agora tamos em dois mil e dezessete, você falou lá em cima que ia se dedicar a reler os clássicos, e agora disse justamente o contrário, "Nem lembrava mais. Mas acho que foi a decisão correta. Sabia que virei uma avozinha. Sou avozinha de muitos escritores porque reajo, porque respondo, me comunico, não deixo ninguém sem resposta", Você meio que adaptou aquela missão, seu ideal freiriano, o que você se propôs a seguir perto dos trinta, "Gosto do contato com os jovens, me estimula. Não quero ficar no meio de velhinho. 'Quem gosta de velho é reumatismo'. Estou nessa agora, ler tudo o que é novidade que chega. Vá lá ver na minha cama. Sou eu no meio de um monte de livro espalhado, debaixo do travesseiro, do lado da cama, entre o colchão e a parede. Me chega uma média de três livros por semana pelos Correios. Que estão sendo publicados ontem. Que ainda nem fizeram o lançamento", É engraçado essa mudança, dois anos, muita coisa muda, e lá nas primeiras páginas você falou ter tempo nenhum, "Como eu ia saber? Olha como você engordou de lá pra cá", Ixi, mas deixe, vou ficar fininho até o dia do lançamento, "Mas não vá sumir como da outra vez", E sobre sua mudança, nem preciso dizer, né, acho que nem você percebe a importância de fazer o que faz, "O que quero hoje é acompanhar a produção literária do meu tempo até o último dia. Acho que é influência do meu querido e sábio Alfredo Monte, que também tem feito essa opção".

XXIII— NO GIRO DO MOTOR

Valéria, você me elegeu como o hiperativo da dupla, lá atrás me fez dissecar o meu juízo, mas vamos ser justos, né?, de certo modo, você também, pelo pouco que você contou de tua história, você não parou, nem por um minuto, "A vida me fez correr, só fui acompanhando. A vida nunca me deu tempo de folga. Sou uma hiperativa postiça, fui forçada a ser. Nem tenho tempo de pensar em problemas mentais. Só agora depois de velha que comecei a tomar um remediozinho, é um tipo de antidepressivo que todo velho quer tomar. Não que eu me sinta depressiva, isso nunca. Nem nos piores momentos da minha vida. Nem quando eu fugia pra não ser presa na ditadura. Agora todo mundo tem isso. Depressão. Depressão é coisa séria", Eu que o diga, algo tá errado no mundo, deve ser porque a gente tá correndo demais, tem uma hora que o juízo atravanca de tanta informação, "Tomo um comprimido pra dormir tranquila. Porque minha vida, você conhece, menino, uma moça de uns trinta e poucos anos não aguentaria esse caos não, viu?", Quem tá aqui acompanhando na leitura, deve tá sentindo o mesmo que eu, quero chegar na tua idade e ser assim como você, viver a vida com essa intensidade, "Então se cuida".

"Mas, vez ou outra, fujo e dou uma parada. Duas ou três vezes por semana Luciana vem aqui em casa, daqui a pouco mesmo ela chega, faz meia-hora de Reiki", E funciona?, não acredito muito não, viu?, "Comigo ajuda muito, é como se limpasse, sabe? Ah, e tem coisa que faço, e já faz tempo, e comigo sempre funcionou: escrever haikais. Escrever haikais me coloca noutra sintonia. O haikai é o meu calmante. Estou cansadíssima, estou chateada com alguém, estou com raiva de alguma coisa, venho aqui pro jardim, fumo meu cigarrinho, olho uma coisa e escrevo três haikais. Pronto. É assim que sobrevivo, nesse caos", Caos, se a gente voltar e contar quantas vezes essa palavra apareceu.

"E você, Beto? Todo mundo tem um momento pra ter algum alívio dessa confusão toda, ter alguma paz, se desligar por um tempo", Quem me dera, me desligar por um tempo, já tentei haikai, nem consigo fazer a primeira linha, me enrolo e já me irrito com as sílabas, "Deve estar fazendo do jeito errado", Me ensine que fico grato, porque não é fácil, ao contrário de você, não são as obrigações que me empurram pra frente, é a minha mente que me força, só pra você ver, quando acordo, a minha cabeça já tá a mil, mas meu corpo ainda tá acordando, eu, mesmo grogue, fico agitado meio que elaborando uma agenda louca de afazeres aleatórios que sei que nem vou chegar perto de fazer, e por aí vai, parece que nas minhas costas vem um rolo compressor, e se por acaso eu fincar o pé e parar, ele me esmaga, isso é o dia inteiro, se de noite eu caísse na cama e apagasse, seria bom, é a pior hora, pra conseguir dormir tenho que me obrigar a fazer um cálculo mental, resolver uma equação de cabeça, porque pra encontrar uma solução de uma equação diferencial você precisa fazer uns vinte, trinta passos, aí vou indo, indo, "Você sonha muito? Dizem que", Meus sonhos são muito agoniados, compridíssimos, e consigo fazer uma coisa muito massa, quando acordo no meio de um sonho, se volto a dormir logo, consigo continuar de onde parei, o povo não acredita, mas é verdade, sonhar é meio como estar numa vida paralela, você nem é você, é um personagem, tem vez, de manhã que Eli vem me acordar, ela fala alguma coisa que nem entendo, eu respondo na grosseria, porque quero logo voltar pro sonho.

"Teve um tempo que você corria, parou por quê? Não era pra ter parado", Verdade, faz tanto que parei de correr que esqueci disso, correr é como se fosse o meu haikai, "Volte, faz bem", Pois, correr me faz um bem danado, pra saúde, pra alma também, quando tou correndo, tento fazer alguma faxina, sei lá, mas tem um negócio bem massa que consigo fazer, vou pensando, pensando, não sei se meditação leva a coisa parecida, meus pensamentos me envolvem tanto que nem penso mais na corrida, tou quase completamente na gritaria caótica do meu juízo, aí, aqui e ali, começo a entender, alguns aspectos tão confusos me vêm com mais clareza, e instintivamente vou formando e modelando certos padrões que eu achava não existirem quando eu tava fora desse furacão, "Padrão no caos?", Tem uma área da Física só pra isso, Teoria do Caos, "Depois me fale mais sobre isso", É uma maravilha correr olhando pro infinito, pequenos mind-blowings começam a brotar do nada, um atrás do outro, a coisa fica mais prazerosa quando a corrida passa dos cinco, seis quilômetros, "Os hormônios", Sim, tudo isso que dá prazer pra gente, é o suor escorrendo no corpo, é o sorriso arreganhando no rosto, é você se achando confiante, pois então, não me lembrei na hora que você me perguntou, mas sim, quando corro me permito sentir alguma coisa que talvez eu possa chamar de paz, o ser humano, era bom que viesse com um manual de instruções, né não?, "Desde que a gente se conhece por gente, que se tenta escrever um", No manual, era pra ter um alerta do tipo, por medida de segurança nenhum exemplar da nossa espécie deve permanecer parado por muito tempo, "Parar enferruja. Faz perder a coragem", Você lembra das televisões de antigamente que o povo dizia que tinha que deixar elas o tempo todo ligadas?

Preciso voltar a correr, "Eu, como você vê, nunca parei".

XXIV– CLUBE DO CONTO DA PARAÍBA

Valéria, parece muito mais tempo, mas a gente se conheceu em dois mil e sete, "No Clube do Conto. Foi na Praça da Paz?", Não, foi no Casarão Trinta e Quatro, lá no Centro, fim de ano, lembra não?, foi uma reunião tumultuada, eu nem tava pra isso, mas deu certinho encontrar vocês, só conhecia o Clube do Conto de nome, pela comunidade no Orkut, "Também tinha um blog", O blog, Raoni me passou naquele dia mesmo, foi só chegar em casa, me conectar, pronto, li tudo, fui dormir quase amanhecendo, "A página ainda está acessível?", Tá lá, firme e forte, "Esse blog é um documento vivo. Mas continua", O ano virou, quando o Clube voltou do recesso, no último sábado de janeiro, colei lá, lá na Associação, "Na praça da Paz", Agora sim, fui e fiquei, o Clube virou minha igreja, mesmo doente, todo sábado, comparecer no clube era de lei, quando eu faltava batia uma tristeza, sabe aquela paixão, a pessoa fica contando as horas pra se reencontrar, "Escreve sobre isso. Todo mundo precisa falar do Clube. A gente não pode deixar que caia no esquecimento", Nem consigo pensar o que eu seria como escritor se não tivesse conhecido o Clube, vocês me influenciaram muito, Você e Dôra, principalmente, aprendi a ter disciplina, ser obrigado a escrever um conto, e mesmo que o conto não saísse lá essas coisas, ler de todo jeito, dar a cara a tapa, "Levar as porradas", Acredita que o que mais me lembro são das porradas, "Mas nunca era com maldade, era só pra", Valéria, muita gente me chama de teimoso, e me incomoda porque falam no tom que dá a entender assim, Beto é teimoso, se acha demais pra não aceitar sugestão, longe disso, sim, sou teimoso, não nego, mas quase sempre levo em conta o que me apontam, teimo só pra aprofundar o debate, quando vou pra casa, e durmo com esses hematomas, durmo processando a coisa toda.

"E aquele drama: será que alguém vai ler o que escrevo? Aqui no Clube, por pior que seja a porcaria que eu escrever, vão ler sim. E se for uma porcaria vão logo perceber, e todo mundo vai me dizer, mas vai dizer assim: olha, legal o que você escreveu, vá em frente, dá uma olhada nessa frase, não seria melhor se... E por aí vai. Uma combinação de estímulo, liberdade e exigência, é isso que faz o Clube do Conto ser único. E você vê que todo mundo que persistiu, indo por um tempo pras reuniões, melhorou sua produção", Eu que o diga, "O Clube do Conto da Paraíba, um treinamento fantástico, que é muito diferente daquelas milhares de oficinas de escrita criativa que agora pululam em São Paulo e no Rio de Janeiro. Não sei quem é que vai em tanta oficina. Vai ser uma inflação de escritor fazendo a mesma coisa. Maldade minha? Mas vamos continuar conversando sobre o Clube, que rende mais".

"Uma das coisas que salvou o Clube do Conto é que ele nunca sequer teve coordenador. Aí nunca existiu aquela situação em que o representante é convocado por uma instituição, e já viu, nunca foi um lugar politicamente interessante, nada que levasse a uma disputa política pelo cargo, de coordenador, de presidente, de diretor de não-sei-que-raio-de-coisa. Nada de prestígio pra botar no currículo", Ser membro do Clube do Conto da Paraíba dá um peso danado em qualquer minibio, "Tem uma lenda que a média de sobrevivência dos grupos literários no Brasil é em torno de três meses. Coisas comuns em grupos, competição e desentendimentos, com motivo oculto ou explícito. Acaba destruindo", E essas competições, tem vez que nem literárias são, "Quase sempre por outras coisas, por exemplo, quem é que vai viajar e ganhar umas diárias em nome do Clube do Conto. Nunca teve isso aqui".

"Sabe, Beto, estou convencida que, hoje em dia, muitas das relações sociais podem ser explicadas, em parte pelo menos, pela necessidade das pessoas de criar reserva de mercado", E o pior que isso tá indo pra todo canto, "Na hora que você bota a competitividade como o mais alto valor, determina: olha, é assim que você deve ser. No Clube do Conto, foi a colaboração que guiou. Um contentamento de todos quando um de nós conseguia alguma coisa, por menor que essa conquista fosse", Mas, Valéria, a gente poderia dizer que, de certo modo, cada um da gente tem uma competição consigo próprio, "Isso é diferente. Não é competição, pra ter competição tem que ter pelo menos dois", Verdade, no Clube, eu queria escrever cada vez melhor pra agradar vocês, eu escrevia estimulado, no pensamento, vai, Beto, se esforça, porque Valéria, Barreto, Joana, Ronaldo, André..., "Isso é saudável, nem de longe é competição. Competição é destruir o outro pra poder aparecer. É crescer vampirando os outros. Por isso que o vampiro é eterno, é imortal", Melhor que vampirar é se deixar dividir.

"No Clube do Conto, a gente criou um método realmente pra conseguir melhorar a escrita. Primeiro porque a gente não fazia diferença de quem era escritor consagrado ou não. Já tinha gente aqui com livro publicado, etc. E tinha o menino e a menina que ainda estavam começando", O foco sempre na escrita, "Sim, sempre. Segundo, a gente tinha um leitor muito variado, porque cada um de nós era diferente. Não estou escrevendo pra criança, pra adolescente, pra velho, pra pobre, pra nada, estou escrevendo pra uma amostra do leitor comum que calhou aparecer e sentar pra ouvir".

O legal é que todo sábado iam pessoas diferentes, e não é todo dia que a gente consegue sair da bolha, né?, mostrar o que se escreve pra pessoas fora de nossa bolha, as pessoas falam assim, leitor comum, "Besteira isso", Eu entendo o conceito de leitor comum, o que me enerva não é isso, é quando falam com um tom depreciativo, menosprezando, eu penso o contrário, se definem o leitor comum, o que seria um leitor incomum?, quem seria?, um ser que vive num gueto cultural qualquer rodeado por uma bolha intelectual impenetrável?, um sujeito com extrema dificuldade e má vontade pra assimilar o que vem de fora dessa bolha?, seria isso o leitor incomum?, me deixe com o leitor comum, o leitor que pega um livro pra ler sem antes perguntar quem foi que escreveu, sem antes ter ido procurar alguma resenha de crítico, sem antes ter ido procurar no currículo artes do escritor, leitor banal ordinário e vulgar e com uma vontade incontrolável de devorar milhares e milhares de páginas.

"E esse leitor comum tem todas as caras possíveis. Quando você escreve um livro de física teórica, você sabe o público que vai ler. Na ficção não, você não tem ideia de quem é que vai ler aquilo. E a gente ter uma amostra de gente variada, como é o pessoal do Clube do Conto, gente com bagagens culturais completamente diferentes, experiências de vida completamente diferentes, idades e origens geográficas diferentes. Você começa a escrever necessariamente de maneira mais universal. E ainda tem aquela pressão pra escrever um texto uma ou duas horas antes, imprimir o que deu pra fazer, sem revisar sem nada, passar as cópias e ler. E o leitor reagindo ao que acabou de", É uma simbiose leitor e escritor, papéis se confundindo no processo de escrita, "E não tem mestre e não tem discípulo, e isso daí foi o negócio mais genial que a gente fez. Isso permitiu a cada um desenvolver o seu modo de escrever. Sem querer a gente inventou uma coisa extremamente fecunda, justamente por sua falta de regras, pelo caos que se autoadministra".

XXV – COMBATER O BOM COMBATE

É uma pena que de dois mil e quinze pra cá as reuniões tão cada vez mais esporádicas, "É a vida, as crises que acontecem, tem hora que se esvazia, tem hora que esfria, e quando dá fé, volta. Já aconteceu outras vezes", É isso, torço pra que volte com tudo, o que tem de gente precisando, "E eu acho também que tem uma razão pro esfriamento. Deixa eu te explicar, olha pra trás, os primeiros que começamos, há mais de dez anos já, em dez anos, você vai sofrer modificações na vida que alteram sua disponibilidade pra estar todo sábado nas reuniões", Digo por mim, "É claro que os mais velhos foram o que mais sentiram o passar do tempo. Posso fazer a lista de todo mundo que ganhou neto. Ora, na hora que você vira avô e avó, o sábado muda completamente de natureza, o sábado oficialmente é o dia dos netos. Outra coisa, é inegável que o Clube ajudou a dar visibilidade e oportunidades pra quase todo mundo que manteve uma participação intensa, aí você precisa se engajar noutras obrigações e passa a escrever direcionado a alguma demanda", Pois, devagarinho fui tendo cada vez menos tempo durante a semana pra criar novos contos, fiquei na de requentar contos velhos porque, "Você se engaja no processo de escrever um romance. E tem que se dedicar a ele. Então, não faz sentido desanimar, é natural, vai acontecer com todo mundo, na medida em que vai se afirmando enquanto escritor, você vai ter um monte de solicitações que você não tinha antes. Agenciar tempo e energia, fica mais difícil de seguir a rotina semanal do Clube. Pensa assim, o Clube é como uma tocha olímpica, você corre até aqui e passa pro outro, o outro corre a sua corrida e vai passando. O que é importante é a gente preservar essa invenção que nós fizemos, essa coisa caótica".

"E sobre o Clube dar uma esfriada, isso daí a gente tem como recuperar", Muita gente lutou pra isso, o Clube tem que resistir, "E vai. E é claro que se criou um laço que é impossível de ser quebrado, um laço muito íntimo de amizade. Mesmo nas brigas, as discussões, a gente brigava sobre o texto, nunca por nada pessoal.", <3, "É claro que isso teve um lado doloroso. Já perdemos sete companheiros, e dois de forma trágica. Cada um que se foi, foi um pedaço da carne", Da gente e do Clube, "É, estamos num período enfraquecido, mas a ideia não morreu, e todo mundo que fez parte sabe a importância do que foi e ainda pode ser. Esse laço fica pra sempre. Eu sempre gosto de dizer: o Clube do Conto da Paraíba é um negócio que você pode entrar, ficar à vontade, sentar e se tornar membro, mas", Não tem como sair, "Você não tem como se demitir", Nem ser expulso pode, "Porque não tem quem expulse. Nada de presidente, coordenador", Eu sempre digo que só o fato de alguém ter ido a uma reunião do Clube, ter passado cinco minutos sentado na cadeira, só o fato de ter escutado um trecho de algum conto, isso já faz a pessoa ser membro do Clube do Conto, "Já tentou imaginar quantos membros o Clube do Conto tem?", Se eu parar pra calcular, posso estimar um número, mas aposto com você que de mil passa fácil, "Quantas dessas pessoas foram lá e mostraram pela primeira vez os seus textos? Quantos tiveram a chance de interagir com os escritores locais?"

Ter o contato com os escritores locais parece besteira, mas tente enxergar isso do ponto de vista de quem está começando a escrever, "Imensurável a importância desse interação", Uma coisa que gosto de falar, vê se você concorda comigo, quando uma banda ou um artista qualquer vai fazer um show na cidade, fazem um cartaz, criam evento no Facebook, todas as informações necessárias tão lá, local, horário, preço, aí alguém vê a propaganda e diz, eita, não perco de jeito nenhum, compra o ingresso, chama os amigos, bora também, no dia se arruma todo, e vai lá, duas, três horas, assiste o seu artista, observa que certas músicas foram tocadas um pouco diferente da versão do CD, e por aí vai, já deu pra entender o que quero dizer, não existe esse tipo de contato na literatura, "Isso mesmo", Existe os saraus, mas saraus, "Isso tudo aí, de ir lá e ver o artista, curtir o show, isso não se compara à experiência de participar do Clube do Conto. No Clube, a imersão é bem mais profunda", Percebeu que você falou imersão e a gente, se quisesse, poderia trazer de volta as discussões sobre o seu método de educação popular ou a maneira como se busca um modelo matemático?, imersão é palavra-chave, "Todos imersos. E o processo no Clube é altamente complexo, não é só um observando e interpretando, todos fazem isso ao mesmo tempo de uma maneira harmônica, que a gente nem chega a pensar na própria imersão", Já consegue ver beleza e riqueza no caos?, "Que seja sempre assim, ler, reler, interromper, sugerir, riscar, quem chega logo é absorvido. É como se nesse show do teu artista aí, Beto, essa fã pudesse subir no palco, e pudesse cantar junto, tocar o instrumento, mudar a letra da música, a melodia. A gente não dá conta como o Clube, de uma maneira tão simples, tenha conseguido tanta coisa".

Você já percebeu que os encontros com escritores nas feiras literárias geralmente passam longe disso?, ficam lá dois ou três, cada um falando de sua obra, ou de sua biografia, ou do cenário local, regional ou nacional, ou de um cânone qualquer, quando não se resume à pura treta ou aos desfiles de egos, "No Clube, a gente também tem essas coisas, mas só nos intervalos, a leitura e a escrita vêm sempre primeiro", Era bom, imagine se existisse um monte de Clubes do Conto pelo país inteiro, "Mas já têm alguns", Sim, eu sei, mas imagine milhares, "Todo bairro e toda cidade tem espaço pra um", Torcer pra que essa nossa conversa inspire alguém a fundar mais um Clube do Conto.

XXVI—SEGUIR A CARREIRA

A gente já conversou sobre um monte de coisa, "E haja conversa", Mas infelizmente a gente precisa começar a inventar uma conclusão pra essa transcrição, "Mas já?", Se fosse depender da gente, ideia pra continuar, o que não falta é ideia, só agora por cima me vem uma dúzia de coisas que eu queria, "Ideia, pode faltar dinheiro, mas ideia e problemas nunca faltam", Eita, então pronto, bora indo falando sobre isso, mas já pensando num jeito legal de fechar nossa conversa, "Deixe comigo".

As ideias me pressionam demais, parecem seres reais, é bobagem pensar assim, mas não consigo deixar tratar todas elas como entidades, e me sinto responsável pra que elas não se percam, "A consciência é uma peneira", Uma delas vem já botando pressão: cara, vai lá, escreve, não vou ficar assim clarividente até quando você quiser, "Não liga pra isso, elas sempre voltam", Mas isso não me preocupa tanto, o que me preocupa mesmo?, me apavoro só em pensar em acordar um dia e sentir um silêncio na minha mente, silêncio total, disco rígido desligado, zero demanda, zero ansiedade, "Isso nunca vai acontecer", Que Deus lhe ouça, me deixem com toda essa reclamação de fila do SUS já me acostumei, eu aguento a pressão.

"Tenho um caderninho onde vou anotando elas todas", O que te leva a priorizar uma entre tantas quando senta pra escrever?, "Não sei, é ela mesma, quer dizer, a força dos personagens. Eu digo a força dos personagens como se eles existissem. Estou começando a ficar doidinha como tu, depois dessas conversas todas. Mas nem é tanto a força dos personagens, na verdade, é que as circunstâncias começam a excitar aquela ideia. É uma coisa que não está sob o meu domínio, não é que eu pare, faça um planejamento. Planejamento. Detesto quando as pessoas me perguntam assim, como você determinou os passos mais importantes de sua carreira literária? Carreira literária, já viu o tom quando falam isso?", Chega enchem a boca e inflam o peito, "Eu não fiz carreira literária. Carreira é uma coisa que a pessoa planeja e vai organizando. A tua carreira, Beto, é de físico. Você não tem carreira de escritor. Você tem uma vida de escritor, que é diferente. E escute o conselho dessa veínha: continue assim, não caia na tentação de querer se", Você sabe, Valéria, uma coisa que não fico fazendo é, "Se autoafirmando. Não. Mas vejo por aí, o cara tem dezenove anos, faz um livrinho imaturo e quer lançar logo e já bota logo que esse livro terá uma linguagem revolucionária e mais sei o que lá. Aí o menino com dezenove anos já diz que tem uma carreira pela frente. Aí ele vai aprender os macetes. Fazer política e politicagem. Tentar ficar amigo de nem sem quem pra conseguir ser convidado pra feira literária de não sei lá onde, vinte quatro horas por dia focado nisso, construindo uma imagem", Nem sei como ele arruma tempo pra escrever, "A carreira começa antes do cara escrever. O nosso caso, o teu e o meu, é completamente diferente. E eu acho que a maioria dos bons escritores, dos escritores que foram mais criativos, foram criativos exatamente por não precisarem seguir a fórmula de ninguém, por não precisarem seguir a carreira", Não ter uma coisa programada, quando a gente deixa as coisas seguirem por si só, "Caos", Pegou o espírito da coisa, é um caos que a gente consegue compreender, igual a esse teu jardim, passa ano, entra ano, "Nunca cair na falácia de fazer mil planejamentos. Porque aí esse moleque vai ter de correr pra seguir um tal modelito, que agora se deve escrever assim. O garoto começa a querer corresponder a certos estereótipos sociais de escritor. E pra carreira arrancar, ele precisa ficar constantemente em evidência, começar a escrever textos do tal modelito pra uma coluna semanal ou mensal", Ter sempre alguma notícia superbacana pra postar no facebook, porque pra carreira arrancar ele precisa de likes, "E, de maneira bem pensada, se mete numa polêmica pra que o nome dele corra, falem bem, falem mal, o importante é tudo aquilo que ele planejou...".

"Eu tenho uma cadernetinha que anoto as possíveis ideias de romance que não vou ter tempo de escrever na vida. Estou até procurando um herdeiro", Herdeiro não, mas coautor, espero que a gente faça mais coisa depois dessa nossa conversa, "Você brinca pra amenizar o clima, mas sabe que é sério", Comigo, Valéria, saber que não terei nessa vida tempo suficiente pra escrever tudo que quero, sabe, quando penso nisso, me bate uma amargura, "Nem amargurada fico mais. Já estou naquela fase da vida, quase setenta e cinco anos, sinto todos os dias, cada tombo que eu levo, cada vez que eu quero digitar uma coisa e sai tudo errado, cada vez que não consigo mais ver, que o meu olho que lê está com catarata e eu canso de ler ou começa a lacrimejar. Sabe, o tempo que levo pra escrever se tornou muito mais longo, me custa muito mais me concentrar, quando volto pra um texto, depois de dois dias, tenho que recomeçar a ler quase tudo desde o começo", É um processo diário, né?, perceber isso, ver que a dificuldade vai aumentando, você tem consciência de, como posso dizer?, "Todos os dias estou me encontrando com minha finitude. Estou tomando minhas providências pra me preparar pra isso. Se amargurar fica pra segundo plano".

XXVII— GUARDAR A FÉ

"Me encontrar com minha finitude. É claro que a fé me ajuda. Eu não sou uma pessoa que fica questionando a fé. A fé é fé no mistério. E há uma teologia que diz que a fé é uma questão de vontade. Eu quero ter fé porque acho que sou melhor e a vida vai ser melhor se eu tiver fé", Me explica uma coisa, quando você fala fé, você quer dizer fé numa entidade superior, tipo Deus e sua santíssima trindade, ou fé em algum ideal que você acredita e segue como premissa básica pra se posicionar diante da vida?, "Minha fé é cristã. Nasci nela e aderi. Sou cristã criada lendo diretamente o Evangelho, sem muitas intervenções explicativas. Se você pega os quatro evangelhos e lê, aquilo é tão transparente", Isso que eu quero dizer, tirando uma coisa ali e aqui, você sabe que fui criado no lar protestante, apesar de não crer no Deus que a Bíblia me força a acreditar, o que os quatro evangelhos trazem, o que li neles trago pra vida toda, deixa eu te perguntar, tem como ser cristão e não crer no Deus do cristianismo?, "Acho que sim, cristão, pra mim, é quem segue o Evangelho de Jesus Cristo, que propõe sobretudo uma prática, e não ideias abstratas, sem necessariamente ter uma adesão clara e tranquila à ideia de sobrenatural".

"E nos Evangelhos tem o fundamental: que é ver no outro o meu irmão. Sabe, muita coisa no mundo se resume a esse fundamento: ver no outro o meu irmão", Irmão é uma palavra cada vez mais fora de moda, "E isso me preocupa. Perder esse conceito é algo que... Todas as utopias baseadas no conceito de fraternidade talvez precisem ser reformuladas porque esse conceito não corresponde mais ao que era antes. Imaginava-se que ter irmãos e ter de conviver e dividir tudo igualmente entre todos na família eram as experiências mais naturais e universais, o ideal de fraternidade vem da suposta experiência da maioria das pessoas da necessidade de apoio mútuo, de se defender, de dividir as coisas. A família era a única garantia que a pessoa tinha frente aos perigos do mundo. A não ser os poderosos, que tinham os seus exércitos. Mas pro povo em geral, a fraternidade surgiu como a coisa mais natural, irmão de sangue, irmandade. Tanto que as cooperativas sempre usaram o termo fraternidade. Se supunha que era uma experiência que todo mundo tinha. E tinha. Apesar de agora terem cada vez menos, na medida em que vai se criando uma sociedade de filhos únicos, cada um sendo um reizinho na sua casa...", É o terceiro ponto do lema da Revolução Francesa, "Na China, ninguém com menos de quarenta anos tem irmão nem irmã, dá pra acreditar nisso? Parece mentira, mas é a pura verdade", É, fraternidade tá em falta no mercado, "E agora você me fez perceber que é isso que faz o Clube do Conto tão especial, esse laço inquebrável da fraternidade".

Sei nem o que falar, a maneira como você encara, como você disse, a finitude, não tenho maturidade pra tanto, só em pensar que daqui a cem anos não vou estar mais aqui, ixi, me bate logo um sentimento agudo de, "Você é muito jovem, jovem adora viver angustiado. Tem muita ladeira pela frente pra subir. Estou numa fase da vida de aceitar a descida. Vejo o resto da minha vida como uma ladeira descendente. A minha tia, Maria José Aranha de Rezende, tem um poema que começa assim: eu já estou começando a descer a ladeira. Se não me engano é um soneto. Eu já estou começando a descer a ladeira. E olha que essa mulher escreveu isso com uns cinquenta anos. Se bem que no tempo dela a pessoa com cinquenta anos já poderia se considerar uma pessoa velha", Você falando assim, dá a impressão de queda livre, e não algo suave, que seja longa e suave a tua descida, Valéria, "E para a minha tia foi. Viveu até os oitenta e sete. No dia em que ela morreu, minha irmã ainda encontrou na máquina de escrever dela a última crônica, que era pro jornal do domingo seguinte",

Aproveitou a descida até a última hora, "Mas no fundo, fica sempre a dúvida. A gente nunca sabe, né? Não sinto a minha vida daqui pra frente como uma vida ascendente. Descendente, é como me sinto", Você tem consciência de que, "Já morri várias vezes. Já tive infarto. Já tive desastre de avião. Já quase me afoguei. Já tive espingarda doze apontada pro meu peito. Depois disso tudo e de um monte de outras coisas, a sua visão sobre a vida muda, a consciência de que ela pode se acabar a qualquer minuto... Só consigo ter por completo o agora".

"Santo Agostinho disse que o passado só existe na nossa memória, e o futuro nos nossos planejamentos, ou uma coisa assim", No fundo, no fundo, a mente da gente parece com aqueles dois cemitérios, numa corda bamba entre as memórias e os planos, "É, é um grande clichê, talvez o maior de todos, mas é isso, só existe o agora. O agora é essa corda bamba em que a gente se segura".

Então bora fazer assim, o nosso agora é quinze de junho de dois mil e dezessete, duas e meia da tarde, "E alguns segundinhos", Então, já tá correndo o tempo, daqui a dez anos, já bote na sua agenda, eu vou bater na tua porta, bora Valéria, continuar nossa conversa, aí a gente relê essa transcrição, dá umas boas risadas e continua, "Tá bom", Combinado, "Só me lembre de me avisar um dia antes de vir, porque a minha vida, tem vez que nem sei como dou conta", Pode deixar, eu sei que sua vida é um, "Caos".

"Acabou?", Não, bora fazer um epílogo.

ATÉ JÁ

Quem diria que a gente fosse conseguir organizar a confusão de tanta conversa e chegar até aqui. "Achei ótimo. No tom certo. Quem gostou e ficou até o final teve a chance de saber por que cargas-d'água um físico maluco e uma velha freira cega de um olho têm tanto pra conversar. Uma conversa entre gerações", Confesso pra você que teve uma hora que desacreditei da minha capacidade como piloto dessa nave, pensei que a gente ia espiralar, espiralar e ficar sempre voltando pra onde começou, "Sem isso de falsas modéstias, Beto, já te disse que você é um motorista de mão cheia", Mão cheia de vento, só se for, mas é isso, espero que quem tenha chegado até aqui tenha processado e absorvido, aproveitado alguma coisa, sabe, e por favor, que também não fique com a impressão que a gente em algum momento quis cagar regras, "Não vão pensar isso. Você só deu sua opinião. Eu fiz a mesma coisa", Na verdade, que tenham gostado, se divertido, com esse negócio que até agora não sei direito o que é, esse tal de Beto meio contaminado por Valéria, que não me identifico por completo, essa tal de Valéria que parece que apanhou um pouco de mim, me sinto dentro de um romance, "Eu, você, todo mundo é matéria-prima pra um romance. Não existe isso de dizer: que pessoa sem graça, não dá pra tirar uma página dela. Incontáveis páginas, se eu quiser tirar, eu tiro. Estou convencida que todo mundo é um romance. Se eu ainda conseguir escrever mais um romance na minha vida, vou falar sobre isso. Já tenho o título provisório", Qual?, fala aqui em primeira mão, "*Toda família tem um esqueleto no armário*", Bonito, e dá liberdade pra várias interpretações, "E parto da história da minha própria família, tem coisas inacreditáveis. Tem coisa que parece mentira. Veja que uma das frases mais comuns que a gente diz no cotidiano é: rapaz, parece mentira, mas", E essa nossa conversa, Valéria, parece verdade, mas.

"Se eu perguntar pra você, Beto, quem é você?", Nem eu sei direito, não dá pra dizer assim de pronto, mas como uma primeira aproximação, pra você ter uma noção do que sou, eu iria apresentar pra você um Beto baseado nas minhas experiências, "E pra isso você vai começar a contar fatos escolhidos de tua história. E o tempo todo vai fazer questão de expor certas opiniões. Mas é tudo escolhido. Não digo que de caso pensado. Mas, mesmo inconscientemente, você vai me entregar elementos selecionados devidamente adaptados pra que eu, do meu lado de auditora, construa a tua identidade", Que é o mesmo processo de construção de um personagem, aquele querer-ser sem nunca ser, "E meio que foi isso o que a gente fez aqui, eu e você, dois personagens", Beto e Valéria não existem.

Observar e criar, "E no meio de tudo, ler".

EDITORAMOINHOS.COM.BR

Conversa de Jardim foi composto em tipologia Electra LT STD
no papel pólen bold para a Editora Moinhos, em janeiro de 2018, enquanto
o diagramador aproveitava para ler o texto e dar boas risadas, e ouvia a voz
de Xangai cantando *Que qui tu tem canário?*